S. FISCHER

FABIO GENOVESI

DIE BOTSCHAFT DER RIESENKALMARE

Roman

Aus dem Italienischen von Karin Krieger

S. FISCHER

Deutsche Erstausgabe
Erschienen bei S. FISCHER

Die Originalausgabe erschien 2021 unter dem Titel »Il calamaro gigante« bei Feltrinelli.
© Feltrinelli 2021

Für die deutschsprachige Ausgabe:
© 2022 S. Fischer Verlag GmbH,
Hedderichstr. 114, D-60596 Frankfurt am Main

Satz: Dörlemann Satz, Lemförde
Druck und Bindung: CPI books GmbH, Leck
Printed in Germany
ISBN 978-3-10-397494-2

Wie kann man denn schlafen
beim Mond dieses Abends?
Kommt, Freunde,
singen und tanzen wir
die ganze Nacht.

Ryōkan Taigu

1

Willkommen im Zirkus

Über das Meer wissen wir nichts.

Rein gar nichts, und doch ist das Meer fast alles.

Am Anfang war nur das Meer, dann hat es ein bisschen trockenen, staubigen Raum ans Festland abgetreten, und schon waren wir selbstherrlich dabei, New York oder Peking zum Zentrum der Welt zu erklären wie früher Babylon, Athen, Rom oder Paris … Dabei ist das Zentrum der Welt das Meer. Es bedeckt drei Viertel des Planeten, den wir Erde nennen, der aber, wenn wir ehrlich sind, eigentlich Wasser heißen müsste.

Alles kommt aus dem Meer, auch wir, die komplizierte Weiterentwicklung irgendwelcher blinder Würmer, die damit beschäftigt waren, über den Grund der Ozeane zu kriechen. Dann haben wir uns Augen und Beine ausgedacht und sind rausgekommen, um zu sehen, was los ist, aber noch heute können wir nur deshalb auf dem Trockenen leben, weil wir jede Menge Wasser in uns haben. Mehr als die Hälfte unseres Gewichts. Wir sind zwar aus Fleisch und

Blut, haben Knochen und Nerven und auch ein paar Kleider am Leib, die mit der Mode wechseln, doch hauptsächlich sind wir Meer.

Doch über das Meer wissen wir nichts.

Dabei glauben wir, es bestens zu kennen. Wir machen Ferien am Strand, wo wir schwitzen, photographieren und es betrachten, aber eigentlich sehen wir es überhaupt nicht. Die Weite vor uns ist nur seine Hülle, seine salzige, glitzernde Haut.

Das ist wie damals, als ich noch klein war und unbedingt in den Zirkus wollte. Der lässt die Kinder heute völlig kalt, aber damals war Zirkus das Größte. So ist das eben, die Zeiten ändern sich und wir uns mit ihnen. Mein Vater war als Kind verrückt nach Torrone, er durfte ihn nur zu Weihnachten essen, aber er träumte jede Nacht von ihm und kaute im Schlaf mit leerem Mund. Wenn du dagegen heute einem Kind ein Stück Torrone schenkst, kostet es davon und zeigt dich dann an.

Genauso war es mit dem Zirkus, den ich schrecklich gern besucht hätte, wie meine Freunde es taten, aber mein Vater ging nie mit mir hin. Er sagte, er sei trostlos, dort würde es stinken, die Tiere könnten einem leidtun, und die Clowns machten einem Angst, er denke nicht im Traum daran, da hinzugehen.

Aber eines Morgens verschenkte ein kleiner Herr in einer Jacke mit Sternen und mit einem Affen auf der Schulter vor der Schule Eintrittskarten, und wie könnte man einem mit einem Affen auf der Schulter widerstehen? Also bettelte ich hartnäckiger als sonst, bis mein Vater mich schließlich ins

Auto verfrachtete und los. Wir stiegen vor dem Zirkus aus, mein Vater nahm mich an die Hand, und wir drehten eine Runde um das Zelt, das groß, prall und rot war, mit ein paar andersfarbigen Flicken hier und da.

Dann kehrten wir zum Auto zurück und wieder ab nach Hause.

»So, das war der Zirkus«, sagte mein Vater mit der nächsten Zigarette im Mund. »Bist du jetzt zufrieden?«

Und ich wusste es nicht. Ich war ein bisschen enttäuscht, aber auch froh, denn wenn dieser legendäre Zirkus vielleicht auch keine große Sache war, so hatte ich ihn doch endlich gesehen. Ich wusste ja nicht, dass das eigentliche Schauspiel drinnen stattfand, unter der Zeltplane. Die Manege, Akrobaten, Zauberkünstler, Löwen, Elefanten. Ich war klein, ich war naiv, ich war ziemlich dumm.

Aber wir sind auch nicht besser, wenn wir von einem Tag am Strand zurückkommen und uns einbilden, wir hätten das Meer gesehen. Stattdessen haben wir stundenlang vor seiner glitzernden Plane gesessen, und da hinten, da in der Tiefe und überall war sein unglaubliches Schauspiel verborgen, gewaltig, spektakulär, unerforscht.

Mehr als die Hälfte des Meeres ist über dreitausend Meter tief, wir kennen die Oberfläche der Venus viel besser als den Meeresgrund.

Dort unten schwimmt und tanzt ein so vielfältiges, andersartiges, unvorstellbares Leben, dass es gemütlicher ist, nicht daran zu glauben, in keinem Zeitalter der Welt und in keinem Menschenalter.

Wie an einem anderen Morgen in jenem Zirkusjahr, als unsere Lehrerin uns aufgetragen hatte, unser Lieblingstier zu zeichnen und dann der Klasse von ihm zu erzählen, und die anderen, als ich drankam, so laut lachten, dass sogar die Landkarten der Toskana und Asiens an den Wänden wackelten, während ich allen mein Bild vom Riesenkalmar zeigte.

Die Lehrerin versuchte, für Ruhe zu sorgen, aber da war nichts zu machen, und am Ende sagte sie, ein bisschen sei ich ja auch selbst schuld, weil ich mir von den vielen Tieren der Welt ausgerechnet eins ausgesucht hätte, das es nicht gibt. Ich wollte klarstellen, dass es das doch gab, na und ob, bloß dass im Klassenzimmer ein zu großer Radau herrschte und es sogar Bleistifte, Radiergummis, Füllhalter und Filzschreiber hagelte.

Kurz, sie waren wirklich fein raus. Alle, die sich im Leben keine Fragen stellen, die den kürzesten Weg nehmen, ohne auf das unermessliche Ringsumher zu achten, und wenn sie ihr Lieblingstier malen sollen, sich für einen Hund, für eine Katze oder höchstens mal für einen Hamster entscheiden, sind fein raus. Und wenn du einen Riesenkalmar malst, lachen sie und machen sich über dich lustig.

Denn auch sie wissen nicht, dass wir über das Meer nichts wissen. Dass unter der Plane Tiger sind, Affen, Schwertschlucker, Feuerspucker, bärtige Frauen, Messerwerfer. Und Riesenkalmare.

Wir wollen das nicht glauben, wir können es nicht, weil das ein so andersartiges Leben ist, dass es uns mit nur einem Schwanzhieb von jeder festen Überzeugung weghaut, von den Gleisen solider, immerwährender Gewissheiten, auf deren Erfindung wir viel Zeit verwendet haben, und es uns einer Realität aussetzt, die zu groß und zu üppig für uns ist.

Aber vielleicht ist das in Ordnung so, im Meer gibt es keine Gleise, man kann sich treiben lassen und hoffen, dass das Schicksal das Reiseziel bestimmt.

Auch Amerika wurde von einem entdeckt, der es nicht gesucht hatte. Kolumbus wollte zu einem Ort, der nichts mit Amerika zu tun hatte, aber er machte sich auf den Weg, und wenn du dich auf den Weg machst, kann alles passieren. Schon an Land, und erst recht auf dem Meer.

Wo ein gigantischer Traum auf uns wartet, eingehüllt in acht ellenlange Tentakel und zwei noch längere und uns mit zwei Augen, groß wie die Radkappen eines Lastwagens, anschaut.

Und während wir auf dem Weg sind, werden ein paar Freunde an Bord kommen, die an unterschiedlichen Orten und zu unterschiedlichen Zeiten gelebt haben, aber Seelenverwandte sind und so seltsam wie wir. Auch sie haben an den Riesenkalmar geglaubt, und prompt hagelte es Federhalter und Tintenfässer, Bleistifte und Pergamente und alles, was man zu ihrer Zeit sonst noch so benutzte. Doch mit diesem vom Himmel gefallenen Zeug zeichneten sie den Lauf ihrer spannenden, einzigartigen Leben, die einfach unglaublich waren.

Wie der Riesenkalmar. Wie unsere Reise. Wie wir.

Also los, auf geht's, willkommen an Bord, willkommen im Zirkus. Entschuldigt, dass ich keinen Affen auf der Schulter sitzen habe, aber Affen halten unter Wasser nicht lange durch. Und wir ja auch nicht, wenn man es recht bedenkt. Aber wir wollen jetzt nicht so viel nachdenken. Jeder Gedanke ist ein Nagel, der dich da festhält, wo du gerade bist, zwischen Gähnen und Bedauern.

Besser, wir wagen es, haben Vertrauen und springen hinein ins Vergnügen.

Fang uns nur gleich ein, du Riesenkalmar, Arme genug hast du ja.

2

Erinnerungen kann man nicht umarmen

Gehen wir mal anderthalb Jahrhunderte zurück.

Ein ganz schöner Sprung, und dann noch mal zwei Jahrhunderte. Das ist schon in Ordnung, hier gibt es keinen Zeitplan. Wir kochen ja keine Spaghetti, wir folgen einem Traum, und Träume laufen sprunghaft ab und wie sie wollen, sie tanzen nach ihrer ganz eigenen, unvorhersehbaren Musik.

Im Schnitt verbringen wir sechs Jahre unseres Lebens damit, zu träumen. Als ich das gelesen habe, kam mir das zunächst sehr viel vor – sechs Jahre träumen – und dann sehr wenig. Aber eigentlich habe ich keine Ahnung, weil die Zeit gerade bei Träumen nicht funktioniert. Also springen wir anderthalb Jahrhunderte zurück, das ist nicht schwer, wenn wir den Ballast von Uhren, Terminkalendern und vollen Wochenplanern abwerfen. Weg damit, und auf geht's.

Bis auf eine Jacke vielleicht, die brauchen wir noch, denn wir fahren zu den Kanaren, und da ist es immer windig.

Und doch liegt die *Alecton* hier jetzt reglos mitten auf dem Ozean. Denn stärker als der Wind ist ein Schrei vom Ausguckposten, der etwas gesichtet hat.

Ein feindliches Schiff, ein halb gesunkenes Wrack? Was sieht er da von der Spitze des Großmastes aus? Das fragt ihn auch Kapitän Bouyer, aber eine Weile ist nur der Wind zu hören, der noch mehr von seiner Kraft einsetzt wie ein Freund, der dir aus der Patsche helfen will. Dann die Antwort vom Ausguck, die einzig mögliche:

»Es ist … es ist riesig.«

Der Kapitän greift zum Fernrohr, zwängt seinen Blick hinein, lässt ihn über den ruhigen Ozean schweifen, hin und her, hin und her, und sieht nichts. Aber er verharrt noch regloser als sein Schiff, als ihm klar wird, dass das, was er am Horizont sucht, selbst der ganze Horizont ist. Unermesslich groß und dunkel taucht es auf und verschwindet, taucht auf und verschwindet.

Dabei hatte Bouyer einen einfachen Plan, er wollte reibungslos und ohne Verspätung in Französisch-Guyana ankommen, bei seinen Vorgesetzten glänzen und eine weitere Stufe der militärischen Karriereleiter hochklettern. Aber da vorn ist dieses Ding, schlimmer noch, es ist nicht vorn, es ist überall, und es ruft ihn. Also kratzt er das letzte bisschen Luft zusammen, das ihm nicht weggeblieben ist, und gibt seinen Befehl: Beidrehen und auf dieses Ding zuhalten.

Und so geht die *Alecton*, während sie vom geplanten Kurs abweicht, in die Geschichte ein.

Heute, am 17. oder am 30. November 1861. Die einen sagen dies, die anderen das. Aber eigentlich ist es der 30., das habe ich mir gemerkt, weil am 30. November meine Groß-mutter Giuseppina Geburtstag hatte.

Was jetzt gar nichts damit zu tun hat, aber doch auch sehr viel. Alles hat mit allem zu tun, das habe ich besonders von meiner Großmutter gelernt, in dem Sommer, den ich mit ihr in den Bergen verbrachte.

Ich war zehn Jahre alt, es war der letzte Schultag, ich war rausgeflitzt und wollte schnurstracks ans Meer, das nur einen Steinwurf entfernt war und mich seit einem Monat mit seiner Stimme aus den Wellen rief. Es strich mit ihnen über den Strand und zog sie zurück, vor und wieder zurück, als streichelte es die Haut der Erde und wollte mir sagen: Ich komme und hole dich, ich hole dich ab. Stattdessen holten mich an dem Tag meine Eltern ab, packten mich ins Auto, und los ging es in die Berge zu meiner Großmutter, sie luden mich bei ihr ab, und weg waren sie.

Vielleicht hatten sie mich satt. Vielleicht wollten sie noch mal von vorn anfangen, und ich war im Weg. Vielleicht hatte ich einen Fehler gemacht, als sie mich gefragt hatten, wie ich es denn fände, wenn ich ein Geschwisterchen bekäme, und ich geantwortet hatte, kein Problem, ich bräuchte nur vorher eine eigene Wohnung.

Also habe ich, als sie wegfuhren, geschrien, es wäre okay, wenn dieses Geschwisterchen käme. Ich könnte mich wahrscheinlich daran gewöhnen, es sei nicht nötig, mich in den Bergen auszusetzen. Da erklärte mir meine Mutter, es gebe kein Geschwisterchen, allerdings auch kein Geld, sie müsse den Sommer über in einer Pension putzen gehen und niemand könne auf mich aufpassen. Außer Großmutter

Giuseppina, die vor ein paar Monaten hier hoch in die Garfagnana gezogen sei, aus mysteriösen Gründen.

Also Berge, Wälder, Tiere und ein kleiner Lebensmittelladen mit einer Tanzfläche nach hinten raus, soll heißen einem Stück Wiese und einer Jukebox mit nur einem Song, »Ti amo« von Umberto Tozzi.

So verbrachte ich dann meine Nachmittage, ich tanzte allein und sang das Lied auswendig mit, doch es waren Liebesworte, die ich nicht verstand, und zum Abendbrot ging ich mit dem Kopf voller Gedanken nach Hause. Aber an diesem Abend vergaß ich sie alle, denn draußen war es noch hell, während in der Küche die Fensterläden schon geschlossen waren und Dunkelheit herrschte. Nach einer kleinen Weile sah ich, dass meine Großmutter am Herd saß und in eine Ecke starrte.

Und wenn etwas noch merkwürdiger ist als deine Großmutter, die im Dunkeln sitzt, so ist das, wenn sie im Dunkeln zu flüstern anfängt:

»Pommes frites? Eine Pfanne Pommes frites, wie ich sie immer mache?«

Ein bisschen in der Hoffnung, dass sie nicht verrückt geworden war, und ein bisschen, weil Pommes frites mein Lieblingsessen waren, beschloss ich, dass sie mich meinte.

»Ja, danke, Großmutter!«

Aber sie schreckte hoch und fuhr mit weit aufgerissenen Augen herum. Ihre Augen waren die schönsten der Welt. Denn tatsächlich war es gelogen, als ich später im Leben einer anderen Person sagte, sie hätte die schönsten Augen der Welt. Meine Großmutter hatte die schönsten Augen, und die waren jetzt im Dunkeln weit aufgerissen.

»Fabio, du bist das! Mammamia, hast du mich erschreckt!«

Sie ging zum Fenster, öffnete die Läden, und die Sonne stürzte mir ins Gesicht wie ein Eimer voll Licht.

»Entschuldige, Großmutter, das wollte ich nicht … geht es dir gut?«

»Ja, ja, bestens.«

»Was machst du denn hier?«

»Nichts, ich habe mich vor dem Abendessen nur ein bisschen ausgeruht.«

»Soso, alles klar. Aber wie wär's mit einem Deal, Großmutter? Ich esse heute Abend wie ein Scheunendrescher, und du sagst mir dafür jetzt die Wahrheit.«

Ich war nämlich ziemlich dünn, ich hatte nie Hunger, und sie und meine Mutter machten sich deswegen immer Sorgen. Um mich aufzupäppeln, taten sie Zucker statt Salz an meine Spaghetti und erzählten mir, das koche man so, und mir schmeckte das sogar. Doch jetzt wollte ich nicht noch eine Lüge, ich wollte die Wahrheit.

»Was denn für eine Wahrheit, Fabietto?«

»Großmutter, ich schwöre, heute Abend schlage ich mir den Bauch voll, bis ich platze. Aber wenn du mir nicht die Wahrheit sagst, werde ich gar nichts essen. Morgen auch nicht, und übermorgen, und …«

»Schon gut, ich sag's dir ja. Aber du schaufelst heute ordentlich was weg, du hast es versprochen! Also ich … ach, nichts weiter, ich habe bloß ein bisschen mit deinem Großvater geredet, das ist alles. Aber lassen wir das, Zeit fürs Abendessen, wie wär's mit Pommes frites?«

»Ja, gern, Großmutter, aber …«

»Was – aber? Willst du keine Pommes frites?«

»Doch, will ich. Aber Großvater ist doch tot.«

Darauf sagte sie nichts mehr. Denn das wusste sie nur zu gut, sie wusste es seit vielen Jahren und dachte in jeder Sekunde an jedem Tag ihres Lebens daran, dass Großvater tot war. Aber schwere Dinge haben, selbst wenn sie dir wohlbekannt sind, eine andere Wirkung, wenn sie ausgesprochen werden. Sie breiten sich in der Luft aus, dringen über Ohren und Augen in dich ein, scheren sich nicht um das Gehirn, das sich immer einbildet, allwissend zu sein, sickern bis ins Herz, und das war's.

Und so verzog meine Großmutter, als ich zu ihr sagte, dass Großvater tot sei, schmerzvoll das Gesicht und brauchte eine Weile, bis sie ihr Lächeln wiederfand. Es war das schönste der Welt. Denn tatsächlich war es gelogen, als ich später im Leben einer anderen Person sagte, sie habe das schönste Lächeln der Welt. Ihres war das schönste.

»Fabietto, ich weiß selbst, dass dein Großvater tot ist, aber ich sehe ihn. Das passiert nur hier. Er und ich haben früher in diesem Haus gewohnt, weißt du. Wir waren jung, frisch verheiratet, dann wurde deine Mutter geboren, und wir zogen runter ans Meer. Aber was waren wir glücklich hier oben, du meine Güte. Daran musste ich letztes Jahr denken, als wir noch mal hergekommen sind, um es wiederzusehen. Ich ging durch die Zimmer, alles war in Schuss gebracht worden, die Wände geweißt, aber ich lief herum und hatte nur einen Gedanken im Kopf, und als ich in die Küche kam, hörte ich diesen Gedanken tatsächlich mit eigenen Ohren: ›Schön, ja, aber früher war es schöner.‹ Ungelogen, das habe ich wortwörtlich gehört. Und da platzte ich heraus: ›Ach, früher, da war doch alles schöner.‹ Darauf die Stimme: ›Nein, Beppina, du bleibst immer schön.‹ Nur dein Großvater nannte mich Beppina, und diese Stimme war seine.«

»Aber ... aber wie ... und du?«

»Und ich, nichts, ich bin in Ohnmacht gefallen. Deine Mutter hat mich gefunden, ich lag plötzlich auf dem harten Boden. Ich habe ihr gesagt, dass mir schwindlig geworden sei, aber am Sonntag darauf sind wir noch mal hergekommen, und da ist es wieder passiert, darum bin ich hergezogen. Und weißt du was, mein lieber Fabio? Vielleicht bin ich plemplem, vielleicht bin ich übergeschnappt, aber ich bin glücklich dabei. Ich weiß, dass deine Eltern sagen, ich würde hier allein leben, weil ich traurig bin, aber genau das Gegenteil ist der Fall.«

»Eigentlich sagen sie, dass du ein bisschen komisch geworden bist.«

»Ach so? Na egal, vielleicht haben sie sogar recht. Jedenfalls lebe ich ruhig in den Tag hinein, und in der Abenddämmerung setze ich mich her und sehe bei zunehmender Dunkelheit da in der Ecke neben dem Herd etwas, das sich bewegt. Weißt du, das war sein Lieblingsplatz, abends saß dein Großvater immer dort und sah zu, wie ich kochte, und dabei hörte er den Amseln draußen vor dem Fenster zu, die zum Feierabend sangen. Ich sehe ihn dort sitzen, und es geht mir gut.«

»Siehst du ihn denn jetzt auch?«

»Jetzt nicht, es muss dunkel sein.«

»Und siehst nur du ihn?«

»Ja. Na logisch, es ist ja keiner weiter da«, sagte meine

19

Großmutter. Dann sah sie mich an. Das heißt, sie hatte mich schon vorher angesehen, doch nun war ihr Blick durchdringend: »Aber jetzt … jetzt bist du ja auch da.«

Das hat sie gesagt und mich nichts gefragt, und ich habe nichts geantwortet. Das war nicht nötig. Sie ging zum Fenster, warf mir noch einen Blick zu, und ich spürte eine Mischung aus Angst, Neugier, Unruhe und noch anderes wild durcheinander. Ich nickte mechanisch, meine Großmutter schloss die Fensterläden, die Küche versank wieder im Dunkeln.

Und ich wurde ein Baum.

Denn Bäume atmen keine Luft ein, sondern Licht, und ich jetzt auch. Das heißt, in dieser mysteriösen Dunkelheit atmete ich überhaupt nicht mehr.

»Käpt'n, was sehen Sie?«, fragen sie ihn, doch Bouyer antwortet nicht. Er hält nur das Fernrohr fest auf das Ding gerichtet. Das ihm genauso viel Angst macht wie den sechsundsechzig Männern der Besatzung. Ja, sie sind Männer, und Männer müssen stets begreifen, müssen Besitz ergreifen. Also fahren sie mit weit aufgerissenen Augen auf das Mysterium zu. Und sie sind Soldaten, deshalb beschießen sie es, während sie sich ihm nähern, pausenlos mit Kanonenkugeln.

Bei jedem Schuss verschwindet das Ding, taucht wieder auf und füllt den Blick aus, weich und rötlich, ohne ein Oben oder ein Unten, ohne einen Anhaltspunkt zum Heranscheren. Ungreifbar wie ein Traum, unbegreiflich wie ein Traum. Es taucht kurz unter und erscheint wieder vor dir, ein bisschen weiter hier, ein bisschen weiter dort.

Aber näher und näher.

Inzwischen zu nahe für die Kanonen, also befiehlt Bouyer, zu den Gewehren zu greifen.

Wenn schon Kanonenkugeln nichts ausrichten, hat es nicht viel Sinn, es mit Gewehrschüssen zu versuchen. Aber der Sinn ist eine Kategorie, die die *Alecton* hinter sich gelassen hat, als sie beschloss, von ihrem Kurs abzuweichen. Sie war in voller Fahrt auf ihrem Weg nach Guyana, zur Teufelsinsel, wo Frankreich die zu Zwangsarbeit Verurteilten in die teuflischsten Gefängnisse der Welt schickte. Schuld und Sühne, Aktion und Reaktion, präzise, solide Räderwerke, die die Gesellschaft voranbringen, alles Andersartige und Unangepasste ist ein Körnchen, das dort hineingerät, zerrieben wird und wie Staub verfliegt, ohne länger zu existieren.

Und auch dieses Ding dürfte nicht existieren. Es gibt unzählige Geschichten von mehrköpfigen Ungeheuern, von Krabben so groß wie Inseln, Seeschlangen, die Schiffe mit einem einzigen Happen in der Mitte durchbeißen. Für die Wissenschaftler sind das Hirngespinste von Seeleuten, die zu lange aufs Wasser und zu tief in ihr Whiskyglas gestarrt haben. Und die Männer der *Alecton* sind tatsächlich Seeleute und keine Wissenschaftler, aber dieses Ding da ist kein Hirngespinst.

Es ist da vorn und verschluckt die ganze Munition, jeden ihrer Atemzüge, ihre wilden Herzschläge und die präzisen Räderwerke der Realität.

Und vielleicht verschluckt es gleich auch die Korvette, es ist so nah, dass es sie berührt, sie bedrängt, von allen Seiten. Die Männer laufen zum Heck, zum Bug, und überall sehen sie, wie es den Schiffsrumpf betastet und umklammert.

Also schießen sie, schießen aufs Geratewohl, schießen ins Blaue hinein.

Und ins Blaue hinein hoffen sie auch.

»Was siehst du?«, hat mich meine Großmutter da in der dunklen Küche gefragt, und ich wusste nicht, was ich sagen sollte. Ich sah nämlich nichts, und das war mir sehr recht. Denn es gab nichts zu sehen, nur meine Großmutter, die verrückt war. Und das war nicht schlimm, sie war alt, und alte Menschen dürfen einen kleinen Webfehler haben. Bedenklich wäre es nur gewesen, wenn auch ich etwas gesehen hätte.

»Bist du sicher, dass du nichts siehst?«

Ich nickte.

»Überhaupt nichts?«

»Na ja, ich sehe, dass … keine Ahnung, dass sich was bewegt.«

»Na also, und was bewegt sich?«

»Die Dunkelheit. Es sieht aus, als … als würde sie flimmern. Aber so was sehe ich auch nachts, wenn ich nicht schlafen kann. Ich schaue zur Zimmerdecke, und dann macht die Dunkelheit so was. Wie ein wimmelnder Ameisenhaufen.«

»Warte, Fabietto, sieh noch mal kurz hin.«

Klar, ich hätte auch eine Stunde lang hinsehen können, oder bis zum nächsten Morgen, Hauptsache, ich sah nichts. Sonst wäre ich wirklich am Ende gewesen. Für meine Großmutter war das kein Problem, aber ich war nicht alt, ich hatte das Leben noch vor mir und lief Gefahr, es durchweg im Irrenhaus zu verbringen, in Maggiano in den Bergen kurz vor Lucca, in diesem Gemäuer, das aussah wie ein Schloss aus einem Horrorfilm, und jeder Verrückte war in einem Kellerloch eingesperrt mit nichts drin als einem Haufen trockenem Seetang zum Schlafen.

Das hatte mir der Freund meiner Cousine erzählt. Ich hatte ihn gefragt, warum man sie denn unter der Erde hielt, und er hatte geantwortet »darum«. Ich hatte gefragt, warum denn Seetang und nicht, zum Beispiel, Stroh oder Gras. Und warum man sie überhaupt einsperrte, warum sie dort gelandet waren.

»Darum.«

Und das Gleiche würden mir die Pfleger antworten, wenn sie mich in eine Zwangsjacke steckten und dorthin brachten und ich mich wehren und fragen würde, warum das denn. »Darum.«

Nein, schlimmer noch, sie könnten mir antworten: »Weil du den Geist deines Großvaters in der Küche siehst.«

Und genau das passierte nun. Das Dunkel flimmerte immer mehr, es begann sich in Einzelteile aufzuspalten, in Teile von einem Etwas, von einem Etwas mit einem Gesicht.

»Und jetzt, Fabio? Siehst du ihn jetzt?«

Ich schüttelte den Kopf, aber immer schwächer.

Ich hatte eine Mordsangst. Es war schon der blanke Horror, sich auszumalen, dass man unter der Erde landen würde, wenn man tot war, aber jetzt erst der Gedanke, dass man lebendig begraben wurde, mit trockenem Seetang als Bett, unter dem ich mir nichts vorstellen konnte, aber garantiert stank er gewaltig. Ich hatte diesen Geruch bereits in der Nase, und Übelkeit gesellte sich zu meiner Angst, die größer und größer wurde, so wie da hinten in der Küche die unmögliche Bewegung der Dunkelheit. Die nicht mehr einfach nur die Dunkelheit war und fertig, sie war etwas anderes, ein Jemand.

Ein Körper vielleicht, eine Gestalt, aber das konnte ich nicht glauben, ja, das durfte ich nicht glauben, das war eine optische Täuschung, und ich musste sie vertreiben. Dafür genügte eine Sekunde. Ein Sprung zurück, ein Schlag auf den Schalter neben der Tür, das Licht ging an, und zack, weg mit der Dunkelheit, weg mit der optischen Täuschung, weg mit allen Ängsten.

»Nichts!«, sagte ich. Ich schrie geradezu: »Siehst du, Großmutter? Da ist überhaupt nichts!« Ich zeigte auf die Ecke hinten am Herd, wo vorher etwas geflimmert hatte und jetzt im Licht bloß der Stuhl war, mit nichts drauf, mit niemandem.

Ich drehte mich zu meiner Großmutter um, und sie sah dorthin, sah mich an, sah wieder dorthin. Mit einer grenzenlosen Enttäuschung in ihren Augen, den schönsten Augen der Welt.

Und ich wusste nicht, ob der leere Stuhl sie enttäuscht hatte oder ich. Doch diese Enttäuschung war so groß, dass sie alles umfing.

Das Ding umfängt die *Alecton*. Es ist weich, riesig, und vielleicht wird es das Schiff verschlingen, wie es die Kanonenkugeln verschlungen hat, die Gewehrkugeln und wie es jetzt die Harpunenpfeile verschlingt, die durch seinen Körper fahren, in ihm verschwinden und wer weiß wo landen.

Vielleicht an einem Ort ohne Maß und Zeit, in einer fließenden, grenzenlosen Welt, die nicht dauert und nicht vergeht. Jenem Ort, der uns verstört, wenn wir darüber nachdenken, wie das Universum es anstellt, unendlich zu sein, wie Gott es anstellt, ewig zu sein. Bei solchen Gedanken schwirrt uns der Kopf wie jetzt dem Kapitän Bouyer, der sich abstützt, um nicht ins dunkle Meer zu fallen.

Aber dem jüngsten Schiffsjungen ist es gelungen, ein Tau in dieses Schwarz hinunterzulassen, er schlingt es um das Mysterium, die Schlaufe zieht sich zu und schnürt etwas ein. Allein kann er es nicht hochhieven, auch zu zweit schaffen sie es nicht, ebensowenig die ganze Mannschaft samt dem vom Großmast herbeigelaufenen Ausguckposten. Nur Kapitän Bouyer steht da und schaut zu, ballt die Hände zu Fäusten und gibt laut rufend den Takt an, *Hau ruck! Hau ruck! Zum Ruhme Frankreichs, hau ruck!*

Und etwas taucht nun langsam aus dem Wasser auf, aber es ist, als wollte man sich an einen soeben geträumten Traum erinnern. Für einen kurzen Moment ist er da, bei dir, doch dann zerrinnt er dir zwischen den Fingern, und am Ende ist da nichts mehr, nur das Gefühl, etwas Einmaliges erlebt und dann für immer verloren zu haben.

Die Männer ziehen, was das Zeug hält, und aus dem tintenschwarzen Wasser taucht etwas Rundes, Schwarzes auf. Ein Auge, riesengroß und glänzend, und es starrt sie an.

Und sie erstarren wie beim Anblick der Medusa. Die Schlangen auf dem Kopf hatte, und genau das sehen sie im Wasser, unzählige gigantische, ineinander verschlungene Schlangen, drauf und dran, ihre winzige Nussschale im Ozean verschwinden zu lassen.

Währenddessen wird das Tau, das sie umklammern, immer leichter, weil das Ding langsam ins Wasser zurückgleitet und ihnen nichts bleibt als die Erinnerung an dieses Auge, das sie bis in alle Ewigkeit anstarren wird.

Du kriegst einen Traum nicht zu fassen, kannst eine Erinnerung nicht umarmen. So, wie du sie auch nicht vertreiben kannst, auch nicht mit Kanonen. Sie verschwindet, kommt hoch, verschwindet wieder, aber immer starrt sie dich mit diesem riesengroßen, schwarzen Auge an, im Dunkel der Nacht rings um die *Alecton*, die winzig klein und verloren auf dem unermesslichen Ozean schlingert.

»Fabio, kommst du mal kurz raus?«, rief meine Großmutter vor dem Fenster.

Es war schon Nacht, wir hatten gegessen, einen Riesenberg Pommes frites, die ich nicht alle geschafft hatte, aber jetzt war ich gerade dabei, mir in der Küche die letzten vom Teller zu angeln. Ich schaute kurz zu ihr, kurz zum Fernseher, kurz zum Schränkchen unter dem Fernseher, überallhin, nur nicht in die Ecke hinten am Herd, wo ich meinen Großvater zu sehen fürchtete, der mich womöglich um ein paar übrig gebliebene Pommes frites bat. Und jetzt fürchtete ich mich auch vor meiner Großmutter, die mich nach draußen ins Dunkle rief.

Sie saß vor der Tür unter dem Schilfdach, an dem eine Lampe hing, um die etliche Nachtfalter und kleinere Insekten schwirrten, immer näher, bis sie gegen sie prallten und sich verletzten, manchmal fielen sie sogar herunter, aber sobald sie konnten, flogen sie wieder auf, um noch heftiger dagegenzuprallen als zuvor.

»Entschuldige, Großmutter.«

»Was denn.«

»Wegen vorhin. Ich habe Licht gemacht, weil ich Angst hatte und etwas sehen wollte. Das heißt, ich wollte nichts sehen, jedenfalls nicht …«

»Ich weiß, Fabietto, ich weiß«, sagte sie lächelnd, und ich schaute zu ihr, die aus dem Lichtkegel der Lampe in die Nacht sah, schaute zu den Insekten, die uns umschwirrten, und zu den Skorpionen in den Mauerritzen, die mit ihren tödlichen Zangen von Zeit zu Zeit eins von ihnen fingen.

Skorpione sind perfekt, so dass die Evolution nicht mehr weiß, wie sie sie noch verbessern könnte, also lässt sie sie so. Vollkommen gleich seit vierhundert Millionen Jahren.

Dagegen ist die Geschichte des Menschen ein Blümchenbalkon vor dem Amazonas-Regenwald. Unsere Geschichte ist nur ein Klacks. Auch die Frühgeschichte, die Steinzeit, als wir noch Fell hatten und den lieben langen Tag Steine auf andere Steine droschen, das ist gerade mal zwei, drei Millionen Jahre her. Da waren die Skorpione längst perfekt, genauso wie heute.

Seit vierhundert Millionen Jahren und auch an diesem Abend, als sie von der Mauer aus mich und meine Großmutter und die Insekten anschauten, die unter der Lampe herumschwirrten, am Rand der Dunkelheit.

»Sag mal, Fabio, kannst du mir einen Gefallen tun? Ich habe dir Pommes frites gemacht, da habe ich mir einen klitzekleinen Gefallen wohl verdient.«

»Na klar, Großmutter, aber auch ohne Pommes frites. Und auch mehr als einen klitzekleinen.«

»Dann schau doch bitte mal dorthin und sag mir, was du siehst.«

Sie zeigte auf die Nacht da draußen, und ich bekam

Angst, dass sie meinen Großvater jetzt auch dort sah. Der nach dem Abendessen vielleicht zu einem kleinen Verdauungsspaziergang in den Wald gegangen war.

»Tut mir leid, Großmutter, aber da sehe ich auch nichts.«

»Überhaupt nichts?«

»Nein. Das heißt, da sind Bäume, die kann ich ein bisschen erkennen, aber …«

»Nein, da doch nicht, ich meine da oben.« Sie wies zum Himmel.

Ich schaute hoch, sah aber nur das Ende vom Vordach und eben die Insekten rings um die Lampe. »Nichts, Großmutter, nein.«

»Aha, gut. Tust du mir noch einen Gefallen und machst mal kurz das Licht aus?«

»Aber dann ist es doch dunkel, Großmutter. Wollen wir das nicht lieber auf morgen früh verschieben? Es ist ja auch ein bisschen kühl, wollen wir nicht reingehen?«

»Komm schon, Fabio, nur das noch, mehr nicht, versprochen.«

Ich ging ins Haus, löschte das Licht und kam wieder raus in die schwarze Dunkelheit, die sofort die Welt verschluckt hatte wie die Skorpione die Insekten, die nicht mehr wussten, wohin.

»Na bitte, Großmutter, jetzt sehe ich wirklich überhaupt nichts mehr.«

»Ich weiß, aber warte. Setz dich zu mir und warte.«

Und ich wartete, aber nicht besonders lange. Nur solange es dauert, um noch mal über die Skorpione nachzudenken, die ursprünglich im Meer lebten, und dann hat einer von ihnen gesagt: *Kinder, ich geh' mal raus und dreh' eine Runde an Land, bis gleich.* Und im Meer warten sie immer noch auf ihn, seit fast einer halben Milliarde Jahre. Das heißt wirklich warten.

Mir dagegen reichte eine Minute, dann explodierte dort oben über dem Wald und den Bergen und allem der Himmel.

Sterne, unzählige Sterne, größere und kleinere, reglos oder so zitternd wie ich, so funkelnd und unverrückbar, dass sie ein einziges, lebendes Ganzes wurden, ein Aufleuchten wie ein Herzschlag, wie ein Atemzug, und zugleich hatte es mein Herz zum Stillstand gebracht, und ich atmete nicht mehr.

»Fabio, jetzt frage ich dich erst gar nicht mehr, ob du was siehst.«

Ich nickte ein-, zweimal, ohne den Blick abzuwenden. »Jetzt sehe ich was, Großmutter, ich sehe alles.«

»Ich weiß. Aber die Sterne waren auch vorher schon da, weißt du.«

»Wann, vorher?«

»Als du noch nichts gesehen hast. Aber auch noch früher. Sehr viel früher.«

»Noch vor den Skorpionen?«

»Natürlich, noch lange vor ihnen. Verglichen mit den Sternen sind die Skorpione Kindergartenkinder. Trotzdem hast du die Sterne nicht gesehen, du dachtest, da wäre nichts.«

»Weil das Licht brannte.«

»Oh ja. Eine lausige Glühlampe, die ich für fünfzig Lire im Genossenschaftsladen gekauft habe. Die hat gereicht, um dir den Himmel wegzunehmen.«

Ich nickte erneut, zwischen den Sternen umherschweifend. Ich kam mir dumm vor, fühlte mich klein, fühlte mich wie ein Neuankömmling in diesem verrückten Universum, das immer und ewig leuchtete, in weiter Ferne und zugleich nah bei mir, hautnah.

Die Sterne in der Nacht auf hoher See: Wenn du ans Ende deiner Tage kommst, ohne sie gesehen zu haben, dann hast du nicht gelebt. Und selbst Bouyer, der sie bestens kennt, wickelt sich in dieser Nacht fester in seinen Mantel und wendet den Blick nicht von ihnen.

Er müsste in die Kajüte gehen, den Logbucheintrag schreiben und dann schlafen, aber wie soll er einschlafen, wie soll er berichten, was geschehen ist, wenn er es nicht weiß?

Er wird auch Erklärungen für die Kursänderung liefern müssen, für den Munitionsverbrauch und die im Meer verschwundenen Kanonenkugeln. Erklärungen. Die einzig mögliche steckt noch in der Schlinge, ein Stück des Riesendings, das sie im Ganzen nicht haben heraufziehen können. Dieses Stück liegt noch auf den Planken des Decks, vierzehn Kilo einer weißlichen, weichen Masse, die nach Moschus riecht.

Dort, gleich neben dem Kapitän, der allerdings weiter in den Himmel schaut und sie nicht mehr beachtet, weil er zuvor vom vielen Hinstarren im Dunkeln etwas flimmern sah, vielleicht eine Bewegung. So dass er sie am liebsten gepackt und über Bord geworfen hätte, weit weg vom Schiff und zurück in das Mysterium, aus dem sie stammt. Aber er braucht sie, will sie am nächsten Tag dem französischen Konsul in Teneriffa übergeben, zusammen mit seinem Rapport und den Augenzeugenberichten der ganzen Mannschaft, die sich alle mit dem offiziellen Bericht decken, der dieses Wesen als riesengroß und voller Tentakel beschreibt, mehr als zehn Meter lang und auf jeden Fall mehrere Tonnen schwer.

Das Abenteuer der *Alecton* am 17. oder 30. November 1861 (es war aber der 30., der Geburtstag meiner Großmutter) ist die erste reale Begegnung mit diesem sagenumwobenen Geschöpf und auch die berühmteste. Die Zeitungen der ganzen Welt werden über den »Riesenkraken« schreiben, und Bouyer würde gern klarstellen, dass das kein Krake ist, doch dann würde man ihn fragen, was es denn sonst sei, und wenn ein kluger Mann nicht weiß, was er sagen soll, hält er den Mund. Das ist eine Tugend, aber auch ein Problem, weil sich so die Welt mit den stets verfügbaren Worten der Dummköpfe füllt:

»So ein Wesen kann es nicht geben«, befindet denn auch tatsächlich ein Mitglied der französischen Académie des sciences, denn das stünde »im Widerspruch zu den erhabenen Gesetzen von Harmonie und Gleichgewicht, die unumschränkt über die lebende Natur herrschen«.

Die Sichtung ist somit nur eine kollektive Sinnestäuschung, nichts weiter. Sie wird als Inspiration für Jules Vernes *20 000 Meilen unter dem Meer* und für viele weitere Bücher und Bilder dienen. Und nur dafür wird sie gehalten, für eine Geschichte aus dem Reich der Fabeln. Denn dieses gigantische Ding ist unzulässig, es ist unannehmbar, und folglich existiert es nicht.

Aber Kapitän Bouyer und seine Mannschaft wussten das nicht, sie wussten nicht, dass dieses Ding nicht sein konnte, und so ist es ihnen begegnet.

»Entschuldige, Großmutter, ich bin wirklich blöd.«

»Nein, Fabio, nicht du bist blöd, wir alle sind es. Auch ich hatte am Anfang Angst in der Küche, machte Licht und sah nichts mehr. Wir schalten eine Lampe ein und denken, dass sie uns erleuchtet, dabei blendet sie uns nur, weiter nichts, ein billiges Lämpchen verbirgt die Sterne und sämtliche Wunder der Welt vor uns. Und auch unsere Gedanken tun das, alle diese billigen Gedanken, mit denen wir alles durchschauen wollen, die uns aber nur um unsere Empfindungen bringen. Wenn du wüsstest, wie oft ich hier gestanden und mir gesagt habe, aber nein, das ist doch nicht mein Rolando, so weit kommt's noch, meine Augen spielen verrückt, das ist die Einsamkeit, das ist der graue Star. Ganze Nächte habe ich mit solchen Gedanken verbracht. Und währenddessen die Schönheit verpasst. Ich machte überall Licht und sah nichts. Die Sterne gibt es, Fabio, und auch viele andere märchenhafte Dinge, die nicht so weit weg sind, und doch sehen wir nicht einmal die. Die Sache mit deinem Großvater in der Küche zum Beispiel, die mich glücklich macht. Sehr glücklich, weißt du. Wahrscheinlich bin ich übergeschnappt, ich weiß, aber ich bin glücklich dabei.«

»Du bist nicht übergeschnappt, Großmutter, ich glaube auch daran, hörst du. Ich glaube jetzt auch daran, und wie.«

»Na klar, du bist schließlich mein Enkel. Aber wir wollen das Ganze für uns behalten. Erzähl keinem davon, sonst halten sie uns für verrückt.«

»Aber das ist nicht verrückt, Großmutter, das ist wunderschön.«

»Alles Wunderschöne ist verrückt, trotzdem ist es besser,

wenn das unter uns bleibt. Sag auch deinem Vater und deiner Mutter nichts davon.«

»Aber es ist einfach zu schön, ich will das weitererzählen!«

»Nein, nein, auf keinen Fall, nicht mal, wenn ich tot bin. Sonst denken die Leute noch, dass deine Großmutter nicht alle Tassen im Schrank hatte und abends immer mit einem Geist geredet hat.«

Das hat meine Großmutter gesagt. Und ich erst mal gar nichts, doch dann: »Ach so, redest du denn viel mit ihm? Und antwortet Großvater dir auch?«

»Natürlich, er ist jetzt gesprächiger als zu seinen Lebzeiten.«

»Und was sagt er?«

Meine Großmutter öffnete den Mund, wandte sich zu mir, doch dann: »Nein, du erzählst das dann bloß überall herum.«

»Nein! Bestimmt nicht, Großmutter, ich schwöre, ich behalte das für mich!«

»Das glaube ich dir nicht, du wolltest ja schon herumerzählen, dass ich ihn sehe. Was er zu mir sagt, verrate ich dir nicht.«

»Aber ich schwöre, Großmutter! Dass du ihn in der Küche siehst, na ja, ehrlich gesagt, das könnte mir vielleicht irgendwann herausrutschen. Doch wenn du mir erzählst, was er zu dir sagt, behalte ich das für mich, todsicher, ich sage es keinem, nie, nie, niemals.«

»Nie, nie, niemals?«

Ich hob die Hände, kreuzte die Finger und küsste sie dreimal: »Nie, nie, niemals. Ich schwöre.«

Da schaute meine Großmutter mich an, lächelte, beugte sich zu mir und erzählte mir leise, im erloschenen Licht der Lampe und im ewigen Licht der Sterne, was mein Großvater zu ihr sagte, wenn er abends für sie aus dem Reich der Toten zurückkehrte.

Und ich wandte meine Augen vom Himmel und schaute sie an, denn hier unter dem Vordach gab es ein noch unermesslicheres Wunder, das mit ihrer Stimme in meine Ohren drang, in meinen Atem und in jede Pore meiner Haut, das in mich einsickerte und Tiefen erreichte, von denen ich gar nicht wusste, dass ich sie hatte, und dort für immer blieb.

Und als meine Großmutter einen Moment innehielt, um nach ihren sensationellen Worten und vor noch sensationelleren kurz Luft zu holen, konnte ich nur noch einmal wiederholen, dass ich das niemals weitererzählen würde. Keinem Menschen, Großmutter, nie, nie, niemals.

Ich schwöre es dir.

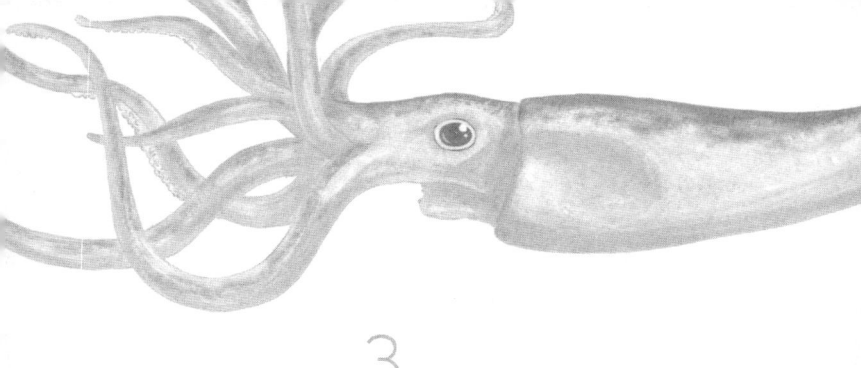

3

Sag niemals *schon*

Eines sei vorweg gesagt, und so unmöglich es scheint, ich schwöre, dass es stimmt: Es hat auf unserem Planeten wirklich Dinosaurier gegeben.

Darauf mag einer antworten: »Aha, danke, das wusste ich schon.« Und genau das ist das Problem, wir wissen es schon. Wir sind mit Dinosauriern im Kino, in Büchern und im Fernsehen aufgewachsen, sie stehen auf dem Lehrplan in der Schule, wir bekommen sie zu Weihnachten geschenkt, und so halten wir sie am Ende für etwas Normales. Dabei sind diese Dinosaurier unglaublich, sie sind unvorstellbar.

Darum sagte man früher, wenn man ein paar riesige Knochen in der Erde fand, das seien die Überreste von Riesen, von kolossal großen Menschen, die mit dem Kopf die Wolken berührten und mit jedem Schritt einen Baum oder eine Hütte zertraten. Und die großen Spuren mit drei Zehen, die hier und da für die Ewigkeit erhalten geblieben sind, stammten von einer Art XXL-Raben, der dann ausgestorben ist, weil auf der Arche Noah kein Platz mehr war.

Das glaubten die Menschen früher, und vielleicht kam ihnen das auch selbst ein bisschen seltsam vor, aber wenn die Alternative Riesenechsen mit Hörnern, Stoßzähnen und Schuppen waren, die auf der Erde vorherrschten, bevor ein Stein aus dem Weltall sie alle schlagartig umbrachte, tja, dann wirkten Riesen und XXL-Raben doch gleich hundert Mal realistischer.

Bloß dass die Realität fast nie realistisch ist.

Denn die Dinosaurier hat es wirklich gegeben. Sogar so lange, dass der Weg des Menschen auf der Erde dagegen wie ein Ausflug von Grundschulkindern ist, mit dem Bus immer noch auf dem Vorplatz zur Abfahrt bereit, während wir uns im Inneren krakeelend um die hinteren Plätze streiten.

Eines dürfen wir nie vergessen. Bevor wir uns auf den Weg machen und noch bevor wir wissen, wohin wir gehen, müssen wir wissen, wo wir sind: Wir sind an einem Ort, an dem es Dinosaurier gegeben hat, also ist hier in der Gegend alles möglich.

Einer, der das genau wusste, ist Don Francesco Negri, ein Pfarrer aus Ravenna, auch wenn er von Dinosauriern noch nie was gehört hatte.

Denn wir befinden uns im 17. Jahrhundert, und noch etwa zweihundert Jahre lang werden die gelegentlich gefundenen gewaltigen Knochen Riesen oder irgendeinem aus der Hölle entsprungenen Drachen gehören. Außerdem ist Francesco ein Mann Gottes, und die Bibel stellt klar, dass die Welt immer so war, wie sie heute ist. Gott hat sie erschaffen, und die Schöpfungen des Herrn sind nicht wie auf der Straße gekaufte Regenschirme, die ein halbes Unwetter lang halten und dann gute Nacht. Nein, die Welt hält für immer und ewig, wie Er sie geschaffen hat, in sechs Arbeitstagen, und am siebten Tag ruhte Er sich aus.

Aber Don Negri weiß, dass Gott nicht der Typ ist, der die ganze Woche über schuftet und dann am Sonntag in Jogginghosen auf der Couch vor dem Fernseher abhängt. Er hat es immer gewusst, doch seit heute Abend hat er Beweise.

Die stehen in einem märchenhaften Buch voller Landkarten, Abbildungen und Beschreibungen, der *Beschreibung der Völker des Nordens* von Olaus Magnus. Don Negri hat es gerade ausgelesen und erkannt, dass sich Gott am siebten Tag nicht ausgeruht hat: Er hatte seinen Spaß.

Zunächst hat er in Harmonie und Weisheit den ganzen Kosmos erschaffen, achtsam, präzise und gewissenhaft, doch am Sonntag hat er sich ausgetobt. Er hat seiner Phantasie freien Lauf gelassen und verrückte Szenarien ausgeheckt, hat sie mit absurden Wesen bevölkert, hat alles zusammen im hintersten Winkel ganz im Norden der Welt versteckt und sich kaputtgelacht, weil er sich das Gesicht des Ersten vorstellte, der dort oben ankommt und auf diese Kapriolen stößt.

Das Gesicht, das jetzt Don Negri macht, mit dem fest an die Brust gepressten Buch und stockendem Atem. Er hat die letzte Seite gelesen und ist unwillkürlich aufgesprungen, denn große Bücher sind so. Wenn sie enden, beginnt etwas in dir. Etwas Mächtiges, das dich anrührt, dich bewegt, und du gehst los.

Wohin, das weiß auch er nicht so genau. Aber zu jenem äußersten Norden, voller »mancherley und wunderbarlicher Dinge, sehr verschieden von den unseren«. Unter einer

Sonne, die nie untergeht, und wenn doch, dann nur, um einer endlosen Nacht zu weichen, über undurchdringlichen Wäldern und majestätischen Gipfeln. Wirklich atemberaubend ist für ihn aber der Teil, wo die Erzählung das Festland verlässt und sich in wilde, abgrundtiefe Meere stürzt, die, aufgepeitscht von Strudeln, Stürmen und Unwettern, aber auch von den unerhörten Kreaturen, die darin herumschwimmen, so gut von Olaus Magnus beschrieben und abgebildet wurden, dass sie förmlich aus den Seiten springen.

»Erschröckliche Meerwunder« wie etwa Wale, so groß, dass sie für das menschliche Auge wie Inseln aussehen. Und tatsächlich hat Bischof Brendano während seiner siebenjährigen Pilgerfahrt auf dem Meer auf dem Rücken eines solchen Meerwunders Rast gemacht, sich bei einem kleinen Rundgang die Beine vertreten und dann ein Feuer für das Abendessen angefacht, so dass das riesige Tier sich schüttelte und er und die anderen Mönche gerade noch an Bord springen konnten, bevor die lebende Insel versank und sie für immer mitriss.

Und während die Wale durch ihre Größe imponieren, tun andere Kreaturen dies durch ihr Aussehen. Wie die See-Kuh, das Meer-Kalb und das Meer-Pferd, das monströse Meer-Schwein, das wiederholt im Oceanus Germanicus gesichtet wurde, und die Einhörner. Die es nicht nur im Märchen gibt, es gibt sie wirklich, allerdings galoppieren sie durch die Wellen. So wie es auch die Loligino gibt, gefiederte Bestien, die wie Pfeile aus dem Wasser schießen, so zahlreich, dass sie die Schiffe versenken, die ihnen fatalerweise begegnen.

Doch das größte und furchterregendste Ungeheuer von allen ist der Søe-Orm, die norwegische Seeschlange, »die in den Bergen und Höhlen bei den Grenzen des Berger Meers wohnt ... Am Hals hat sie Haar herabhangen eynes Ellbogen lang, am Leib scharfe Schuppen von schwarzer Farb und gantz feuerrote, glitzende Augen.«

Diese im Buch so treffend geschilderten Augen heften sich, während das Ungeheuer ein Schiff umschlingt und es in die Tiefe reißt, an Don Negris Augen, der von der Welt oben im Norden nichts weiß, aber seit Kindertagen von ihr träumt, und heute Abend mehr denn je. Denn einen wahren Traum hast du für immer, oder du hast ihn nie gehabt.

Der Traum ruft jetzt so laut nach Francesco, dass dieser schließlich antwortet. Er springt mit dem Buch am Herzen auf und macht sich auf den Weg.

Gründe dafür, es nicht zu tun, hätte er jede Menge. Er lebt als angehender Pfarrer in Ravenna, und sein Leben dort ist ein Idyll, von Gewohnheit gezeichnet und mit Bequemlichkeiten koloriert. Und wenn die abenteuerliche Reise in den hohen Norden auch sein Kindheitstraum war, ist Don Negri nun doch längst erwachsen: Er ist vierzig, was zu seiner Zeit uralt ist. Im 17. Jahrhundert gab es noch keine Kneipen für Grauhaarige und Geschiedene, in denen man sich ein paar hinter die Binde gießt, Erdnüsse knabbert, sich gegenseitig auf die Schulter klopft und sagt: »Bist ein toller Typ! Ein toller Typ!« Nein, im 17. Jahrhundert warst du mit vierzig kein toller Typ, du warst ein Tattergreis, und was du im Leben getan hattest, das hattest du nun – schon – getan.

Na bitte, da ist es ja, das mörderische Wort: *schon.* Es kommt nie aus der Mode, und heute wie damals dient es dazu, sich nicht auf den Weg zu machen, sondern untätig zu bleiben und keinesfalls zu versuchen, die Dinge ringsumher zu ändern. Es ist ein kleines Wort, aber es reicht aus, um ein Leben mit Unzufriedenheit zu füllen, Tag für Tag bis zum letzten, weil es uns einredet, dass es zum Glücklichsein nun – schon – zu spät sei.

Wie oft beklagen wir uns über unsere Arbeit, über unsere Entscheidungen, über unsere Ehepartner, Verlobten oder Lebensgefährten und über das Leben insgesamt, das Leben überall ringsumher und über unser eigenes. Wir sagen solchen Blödsinn wie: Die Kindheit war doch das schönste Alter, frei und unbeschwert. Aber das ist wirklich Quatsch. Wie kann denn ein Alter frei sein, in dem du für alles um Erlaubnis bitten musst, bei Eltern, Verwandten, Lehrern, Religionslehrern und überhaupt bei allen Erwachsenen? Frei bist du erst, wenn du erwachsen bist, du niemandem mehr gehorchen musst und deine Lebensplanung allein bei dir liegt. Nur dass wir sie verdammt mies gestalten.

In unserer Kindheit haben wir jede Menge Träume, aber wir behalten sie für uns, weil es noch zu früh ist, und warten darauf, erwachsen zu werden und sie zu verwirklichen. Doch dann werden wir groß und befinden, dass Träume Kinderkram sind, und statt mit ihnen stopfen wir unsere Tage mit Aufgaben, Pflichten und lauter Zeug voll, das uns nicht gefällt und uns nicht glücklich macht, und wir würden gern etwas ändern, aber wir ändern überhaupt nichts, weil es nun – schon – zu spät ist.

Und das ist der Haken an der Sache, dass nämlich zwischen zu früh und zu spät eine lange Zeit liegen müsste, die genau richtig ist, frei und hell, in der wir tun können, was wir wollen, bloß dass kein Mensch sie je findet.

Dafür finden wir einen Haufen Ausreden: Wir sind zu jung oder zu alt, vom Pech verfolgt, anders als die anderen oder am falschen Ort geboren. Oder womöglich liegt es an den anderen, die boshaft sind, neidisch oder protegiert … lauter Ausreden, die wir uns erzählen, um nichts zu tun.

Ich habe nichts gegen Ausreden, im Gegenteil, ich liebe sie. Sie sind viel wert, wenn man langweiligen Abendessen, Familientreffen, Eigentümerversammlungen und anderen lebenszeitraubenden Zumutungen entgehen will. Aber welchen Sinn haben Ausreden, die wir uns selbst erzählen, um nicht glücklich zu sein?

Ich weiß es nicht und will es auch nicht wissen. Um mich besser zu fühlen, genügt mir die Erkenntnis, dass ich kein Talent zum Klavierspielen habe.

Das scheint nicht hierher zu gehören, tut es aber doch: Schon als kleines Kind nickte ich im Takt mit, sobald im Fernsehen jemand Klavier spielte, und ich war davon überzeugt, dass ich das auch könnte. Aus irgendeinem Grund spürte ich diese Gabe in mir, ein natürliches, angeborenes Talent. Allerdings hatte ich es nie probiert, ich wurde erwachsen und büßte viele Haare ein, aber diese Überzeugung nicht. Ich und die ganze Welt taten mir leid, weil ich ihr meine göttliche Musik vorenthalten hatte.

Doch dann, als ich etwa fünfunddreißig war, wohnte ich für eine Weile in Mailand, und mein Nachbar war ein blinder Herr, der zu Hause Klavierstunden gab.

Das war eindeutig ein Zeichen, also meldete ich mich zum Unterricht an. Für den Grundkurs, aber eigentlich hatte ich das Gefühl, dass er nach ein paar Takten sofort zum Telefon stürzen und irgendeine wichtige Schule anrufen würde, die Scala oder so, um zu verkünden: »Stoppt alles, ein Genie ist geboren, die Musikgeschichte wird nun für alle Zeit neu geschrieben.« Ich sah mich schon während langer Tourneen auf den Bühnen der Welt, immer in Begleitung meines Maestros und Entdeckers, der zwar blind war, aber meine Großartigkeit auf Anhieb erkannt hatte.

Ich ging ein erstes Mal zu ihm, dann ein zweites Mal, und im Anschluss daran griff der Maestro, als ich bezahlte, nach meinem Handgelenk und sagte die folgenden Worte, die ich nicht mehr vergessen werde, bis ich tot umfalle:

»Hören Sie, es ist zwar gegen meine Interessen, aber kommen Sie nicht mehr her. Das ist Zeitverschwendung. Ich habe in meinem Leben große Talente kennengelernt und unbegabte Menschen, beides hat mit Verdienst oder Schuld nichts zu tun, es ist einfach, wie es ist. Aber einer wie Sie ist mir noch nie untergekommen. Sie sind mehr als unbegabt. Nehmen Sie es mir nicht übel, aber sie sollten das Geld lieber für eine neurologische Untersuchung ausgeben, für eine psychomotorische Analyse, denn wenn Sie mich fragen, stimmt da was nicht.«

So sprach er, mein Maestro und Entdecker. Und im ersten Augenblick tat es weh, das will ich nicht bestreiten, ich hatte damit gerechnet, dass er mich an die Scala bringt, stattdessen schickte er mich zum Psychiater.

Doch heute bin ich froh darüber. Denn immerhin werde ich sterben, ohne dass man mir auf den Grabstein schreiben muss: »Mit ihm hat die Welt ihren größten Pianisten verloren, ohne dass sie ihn jemals spielen hören konnte.«

Ich habe dieses Talent nicht, habe es nicht im geringsten, doch ich bereue auch nichts. Ich habe etwas versucht und bin gründlich gescheitert, aber das ist in Ordnung. Man hat mir gesagt, ich sei unbegabt, krankhaft unbegabt, doch ich bin froh, dass ich es wenigstens probiert habe, dass ich nicht »*schon*« gesagt habe.

Und mit meinen bescheidenen Mitteln das getan habe, was Don Negri auf viel mutigere Weise tat: Er ist vierzig, lebt gemütlich und ruhig in einem schönen, warmen Haus, ist den Frost, die Strapazen und die Gefahren, auf die er da oben stoßen wird, nicht gewohnt und hat nicht die geringste Vorstellung davon, was ihn erwartet oder auf welchem Weg er dem entgegengehen sollte.

Trotzdem steht er heute Abend mit dem Buch vor der Brust von seinem Sessel auf, schaut aus dem Fenster, um zu begreifen, was es da vorn gibt, begreift es überhaupt nicht, und macht sich dennoch auf den Weg.

Ganz allein, bis hoch hinauf ins nördlichste Europa, zu Fuß und auf Karren, auf Booten und Schiffen, über den schrecklichen Mahlstrom, den gewaltigen Wirbel, der alles in den Bauch des Ozeans saugt. Und weil Don Negri keiner ist, der lange rechnet, erreicht er den hohen Norden mitten im erbarmungslosesten Winter.

Seine Reise ist so gefahrvoll, dass ihn die Mönche in jedem Kloster, in dem er übernachtet, am nächsten Morgen festhalten, um ihn von der Weiterreise abzubringen. Auch der Kanzler von Norwegen, Ove Bjelke, warnt ihn: »Ihr werdet auf dieser Reise sterben, denn Ihr habt mit zwei mächtigen Gegnern zu kämpfen, der Polarzone und dem grausamsten Winter.«

Doch am Ende geben sie auf, und aus dem Festhalten wird eine Umarmung, die letzte für einen Todgeweihten, bei der sie ihm versprechen, dass sie der Welt seine Geschichte erzählen werden.

Was das größte Geschenk ist, das man einem Menschen machen kann.

Und so bedankt sich Don Negri auch vielmals, hofft aber, ihnen diese Mühe ersparen zu können, denn seine Geschichte will er selbst erzählen. Er wickelt sich fest in seinen Mantel, und auf geht's, immer weiter hinauf, Tag für Tag, auf eine Reise, die drei Jahre dauern sollte.

Drei Jahre, die er, wäre er zu Hause geblieben, mit Gewohnheiten, Gähnen und *schons* hätte ausfüllen können. Wie oft kann man in drei Jahren »schon« sagen? Millionen Male? Vielleicht auch Milliarden, wenn man sich richtig reinkniet und es mit gesenktem Kopf den ganzen Tag lang wiederholt, aber wozu sollte das gut sein?

Don Negri weiß es nicht, und er hat auch keine Zeit, darüber nachzudenken. »Er durchlitt eine unerträgliche Kälte, wäre fast verhungert und ertrunken. Trotz alledem hätte man kein fröhlicheres Gesicht, kein heitereres Gemüt sehen können als seines.« Er ist so oft in Lebensgefahr, dass er gar nicht mehr darauf achtet, im Schnee und unter Blitzen, in abgrundtiefen Gletscherspalten und in Schlünden, die nicht weniger finster sind als die von tausend ausgehungerten Bestien. Aber er fegt die Strapazen und Ängste mit wenigen Worten weg, die er laut wiederholt, obwohl seine Lippen gefroren sind und kein Mensch weit und breit ihn hören kann:

»Die gegenwärtige Qual wird mit diesem Tage enden, und der Jubel darüber, was du in ihr gesehen, wird dein ganzes Leben mit dir sein.«

So erkundet er Schweden, Nordland, die Finnmark, bis hoch hinauf nach Lappland. »Mit Schnee und nahezu ewigem Eis bedecktes Land; einsame Berge, kahle Wälder, tote Ödnis, in der kein Samen keimt, kein Grashalm sprießt, und gleichwohl finden sich dort Menschen, die leben und sich des Lebens erfreuen.«

Diese Menschen sind Lappländer, die ihn wie einen Bruder willkommen heißen. Und Don Negri will sie nicht bekehren, nicht zu Christen erziehen und auch nicht über sie urteilen: Er ist nicht gekommen, um zu lehren, sondern um zu lernen. Ihre Sprache, ihre Freiheit, die Fortbewegung auf Skiern, einen Rentierschlitten zu lenken, jeden Tag wie ein neues Abenteuer hin zum nächsten zu leben. Hoch, hoch hinauf durch ihr Eis und noch weiter, bis er der erste Reisende wird, der das Nordkap erreicht.

Nun erst, als er sich davon überzeugt hat, dass es keinen Boden mehr gibt, den er noch betreten kann, atmet er tiefbewegt durch, dreht sich um und tritt die Heimreise an.

Auf seinem Rückweg wird er von Gelehrten und Wissenschaftlern aufgehalten, die an seinen wertvollen Informationen interessiert sind, sogar der König von Dänemark will ihn kennenlernen, erstaunt darüber, dass »ein Italiener, in einem Klima geboren, das zu den mildesten der Welt gehört, so viel Kühnheit und Kraft besaß, eine der härtesten und gefährlichsten Reisen, die es gibt, anzutreten und bis zum Ende durchzuhalten.«

Und dann endlich Ravenna. Wo man ihn empfängt wie einen Helden und auch wie einen Geist, denn man hatte schon nicht mehr mit ihm gerechnet. *Schon.*

Wohin er auch kommt, wird er von Leuten umringt. Auch

von Gläubigen, die ihn aufsuchen, um zu beichten, ihm aber eigentlich zuhören wollen. Denn Sünden gibt es zwar viele, doch am Ende ähneln sie sich alle, während die Wunderdinge, die Don Negri gesehen hat, einmalig sind und nur er sie kennt.

Er, der drei Jahre allein und still in der Eiseskälte des Nordens zubrachte und dessen Zunge in der lauen, duftenden Frühlingsluft jetzt so gelöst und weich wird wie der schmelzende Gesang der Amseln am Abend.

Don Negri besingt unendliche Wälder, in denen Bäume wachsen, deren Rinde, wenn man sie abschält und eine Weile bearbeitet, zum einzigen Brot wird, das dort oben zu finden ist. Von Schwalben, die im Sommer umherfliegen, den Winter aber auf dem Grund zugefrorener Seen verbringen, zusammen mit anderen Tieren, die er »Meerhunde« nennt, weil noch niemand sie als Robben bezeichnet. Aus demselben Grund verwendet er eine halbe Stunde darauf, das Wunder von Lichtern und Figuren zu beschreiben, die am Himmel tanzten, als hätte Gott am Firmament einen Ball veranstaltet, und erklärt den Leuten aus Ravenna auf diese Weise das, was man heute Nordlicht nennt, was aber damals von niemandem benannt und von niemandem je gesehen worden war.

Das heißt, von ihm schon, so wie er auch die berühmten Walfische gesehen hatte, unzählige dort auf hoher See, und einen hatte er sogar aus der Nähe betrachtet, einen gestrandeten, tot an Land.

Allerdings war er enttäuscht, denn das Tier war zwar groß, aber nicht so groß wie von Olaus Magnus beschrieben. Er war ziemlich oft um das Tier herumgelaufen und hatte seinen Rachen vermessen, der zu eng war, um einen Menschen zu verschlingen, und doch behauptet die Bibel, genau das sei Jonas passiert, der drei Tage im Bauch eines Wals zugebracht hatte, bevor er ans Ufer gespuckt wurde.

Doch nach langem Überlegen ging Don Negri ein Licht auf, und ergriffen schaute er auf die Macht des Herrn: Da er Jonas durch diese enge Öffnung geschickt hatte, war ihm ein noch wundersameres Wunder gelungen!

Und an diesem Punkt seiner Erzählung, als sein Publikum glaubt, vom allergrößten, nicht mehr zu überbietenden Wunderding gehört zu haben, reißt Don Negri die Augen weit auf und verändert seine Stimme, während er eine so große, schreckenerregende Kreatur beschreibt, dass die Wale im Vergleich dazu wie Sardellen wirken, die man zum Fest des heiligen Apollinaris brät.

Ein Tier, das garantiert Gottes ultimatives Werk ist, unvergleichlich in Aussehen und Größe. Leider ist es auch das einzige, das Don Negri nie zu Gesicht bekam. Aber es ist ihm überall in den Geschichten der Menschen begegnet, die es wagen, an jenem Meer zu leben und es sogar zu befahren.

Und so wird Don Francesco Negri aus Ravenna mit seinen Erzählungen in der Pfarrgemeinde und mit seinem Reisetagebuch der Erste sein, der diese unglaubliche Bestie mit dem Namen beschreibt, der ihr jahrhundertelang anhängen wird: der Sciu-Crak, der wunderbare, schreckliche Kraken.

»Ein Fisch von unermesslicher Größe, von platter, kreisförmiger Gestalt, mit vielen Hörnern oder Armen an seinen Extremitäten, die er überall in die Höhe hebt, um damit die Boote der Fischer zu umklammern, ... steigt sehr langsam vom Grund des Meeres auf, mit dem Rücken nach oben, bei dessen Berührung mit dem Boot er es sogleich umschlingt.«

Er umschlingt es mit seinen vielen Armen, oder Tentakeln, die nun auch das Herz Don Negris zusammenschnüren, während er spricht, und auch das der Gemeindemitglieder, die ihm zuhören. Und auch unseres, die wir jetzt sozusagen seine Geschichte erzählt haben.

Das größte Geschenk, das man einem Menschen machen kann, ist, seine Geschichte zu erzählen.

Und das größte Geschenk, das wir uns selbst machen können, ist vielleicht, niemals *schon* zu sagen.

Zeit, Jahre, Lebensalter sind nur blöde Zahlen, die wichtigsten Dinge im Leben kann man nicht zählen. Liebe, Schmerz, Angst, Glück, was willst du dabei zählen? Du musst dich nur wappnen, wenn du dich hineinstürzt.

Das hat Don Negri getan, und so war der erste Mensch, der den Kraken, den Riesenkalmar, das sagenumwobenste Wesen Skandinaviens, benannt und beschrieben hat, ein in der Emilia Romagna geborener Pfarrer mittleren Alters.

Er hatte weder die Mittel noch einen Plan, weder eine Landkarte noch ein konkretes Ziel. Aber er hatte einen Traum. Und einen Traum hast du für immer, oder du hast ihn nie gehabt.

4

Jesus wandelt auf dem
Wasser von Pontedera

Einmal hat mein Onkel Aldo zwei vertrocknete Mispeln gefällt.

Er wollte sie zerhacken und für den Winter wegräumen, aber es war nun schon sechs Uhr, und so lehnte er sie ans Tor und ging in die Bar.

Als er in dieser Nacht dann aber nach Hause kam, sah er am Ende der Einfahrt kerzengerade und dunkel zwei Carabinieri stehen, die auf ihn warteten. Er legte den Rückwärtsgang ein und drehte noch eine Runde durch die Straßen des Ortes, doch eine halbe Stunde später standen sie immer noch da und nach zwei Stunden genauso. Kurz, mein Onkel kam erst im Morgengrauen heim, als die Dunkelheit und sein Rausch verflogen waren und auch die Angst vor den zwei Carabinieri am Tor, die in Wahrheit die beiden Mispelstämme waren, die er dort abgestellt hatte, bevor er weggegangen war.

Das war meinem Onkel Aldo eines Nachts passiert, und man kann darüber lachen, aber das Gleiche passiert uns jeden Tag, auch ohne dass wir uns eine halbe Flasche Tre Stelle genehmigt haben.

Nur dass wir an die Stelle der Mispel-Carabinieri Wörter setzen. Wir denken sie uns aus, greifen sie aus der Luft, drucken sie dann aber in Großbuchstaben in Bücher, schreiben sie in goldenen Lettern auf Gedenktafeln und Denkmäler und knien am Ende sogar nieder vor diesem Kram, den wir uns selbst ausgedacht haben. Wörter wie EHRE, PRESTIGE, STOLZ, KULTURAUSSCHUSS ... und vor allem GESCHICHTE.

Wir halten die Geschichte für eine große Lehrmeisterin des Lebens, obwohl wir noch nie aus ihr gelernt haben, und manchmal, wenn wir wirklich überschwenglich sind, sagen wir sogar: »Die Geschichte sind wir.«

Aber wenn man mich fragt, ist die Geschichte nichts weiter als eine Liste von Leuten, die fast alle adlig und mächtig waren, und von Daten und Orten, an denen diese Leute irgendwas gemacht haben. Und das sind nicht wir, wir sind zum Glück viel mehr als die Geschichte: Wir sind die Geschichten. Die vielfältig sind und zahlreich und viel packender und wichtiger als jede Schlacht oder jeder Waffenstillstand oder sonst was, das unser Gehirn zur ewigen Erinnerung registriert und fünf Minuten später schon wieder vergessen hat.

Da weiß vielleicht einer Millimeter für Millimeter über die Eroberung Persiens durch Alexander den Großen Bescheid, weiß aber nicht, wie sein Vater es geschafft hat, seine Mutter zu erobern. Da kann vielleicht einer die Ursachen und die politischen Folgen des Zweiten Weltkriegs aufzählen, hat aber keine Ahnung, wie sein Großvater es geschafft hat, als Kämpfer in diesem Krieg zu überleben, und weiß auch nicht, wann er die Großmutter kennengelernt hat und wie sie es geschafft haben, ein Leben lang zusammenzubleiben (in meinem Fall sogar noch länger, wenn man bedenkt, dass mein Großvater aus dem Jenseits zurückkam, um bei einem Schwätzchen zuzusehen, wie sie Pommes frites machte). Dabei sind doch all das unsere Geschichten, sie werden zwar kleingeschrieben, sind uns aber auch auf den Leib geschrieben, und ohne sie wären wir schlichtweg nicht da.

Vielleicht lieben wir in unserer Kindheit Geschichten deshalb so sehr, weil unsere Geburt da noch nicht lange zurückliegt und wir uns noch daran erinnern, dass wir durch Geschichten zur Welt gekommen sind. Dann wachsen wir heran, und sie interessieren uns nicht mehr, wir bezeichnen sie als Märchen und hören sie uns nicht mehr an, während wir uns das Leben mit anderen Märchen kaputt machen, die sich Karriere, Prestige, Reputation, Ruhm oder Macht nennen. Auf dem kürzesten Weg und traurig hin zum letzten Tag, an dem wir uns von dieser Welt verabschieden und wer weiß wohin gehen, und vielleicht machen wir noch ein Testament, um das zu vererben, was uns nach so vielen Opfern geblieben ist, doch das Einzige, was auf dieser Erde wirklich von uns bleibt, ist die Erinnerung an uns in den Herzen der anderen, sind die Erzählungen von den schönen und schlimmen Dingen, die wir getan haben: eben unsere Geschichten. Durch sie wurden wir geboren, durch sie sind wir gewachsen, und durch sie bleiben wir noch ein Weilchen in der Welt, nachdem wir gegangen sind.

Denn wir sind die Geschichten, und die Geschichten sind alles.

Die Geschichten sind alles. Die Geschichten sind alles. Genau das sagt sich heute Abend wieder und wieder Erik Pontoppidan vor einem weißen Blatt Papier in seinem Zimmer und mitten im 18. Jahrhundert.

Seine Feder, leicht und doch beschwert mit Wunderdingen, die hinausdrängen, stockt im Licht der Kerze über dem großen, leeren Blatt. Diese Wunderdinge sind genau die zahlreichen Geschichten, die er in einem Leben auf Reisen und den Menschen zuhörend zusammengetragen hat. Pontoppidan zögert noch einen Augenblick, doch heute Abend hat er beschlossen, sie alle aufzuschreiben und der Welt mitzuteilen.

Dort, in Bergen, an der Küste Norwegens, ist er zwar der Bischof, aber er weiß nicht, dass sein Kloster einhundert Jahre zuvor einen italienischen Pfarrer aus Ravenna beherbergte, der auf seinem verrückten Weg zum Nordkap war. Man hatte versucht, ihn davon zu überzeugen, dass der Weg lang und gefährlich war und es viel besser wäre, den Frühling abzuwarten. Aber er reiste weiter, denn er trug viele Geschichten in sich, die ihn vorwärtstrieben.

Die größte von allen ist so gigantisch wie ihr Protagonist, der mysteriöse, die Nordmeere beherrschende Kraken, und genau diese Geschichte drängt heute Abend aus der Feder von Bischof Pontoppidan. Weder er noch der italienische Pfarrer aus Ravenna haben den Kraken je mit eigenen Augen gesehen, aber sie haben schon viele Geschichten über ihn gehört, von unzähligen seriösen und ehrlichen Menschen, die Stein und Bein schwören, dass sie ihn gesehen haben oder dass sie durch andere von ihm gehört haben, die ihn aber gesehen haben oder durch wieder andere von ihm gehört haben, die wiederum ...

Kurz, große Erzähler sind so, ihre Stimme ist wie ein Fest auf der Piazza, wo sich viele Geschichten begegnen und sich ineinander verlieben, sich umarmen und eng zusammen tanzen, bis sie eine einzige, noch großartigere Geschichte werden. In ihren Drehungen fangen sie die Realität unserer Tage ein, und wenn sie sie ordentlich schütteln, holen sie ihr ganzes Funkeln hervor, ihren ungeheuren Zauber, der in reglosen Monaten und Jahren vom grauen Staub der Gewohnheiten überdeckt worden ist, so dass man ihn nicht mehr sehen konnte.

Wie Picasso, der eines Tages einen alten Fahrradsattel genommen und an die Wand gehängt hat, dann einen Lenker darüber anbrachte, und schon erschien dort, auf das Wesentliche beschränkt, aber perfekt, ein Stierkopf. Genau das tut ein Erzähler, er erkennt die Zusammentreffen und Verzahnungen des Lebens, nimmt Teile von dem, was du schon immer um dich hattest, und fügt sie neu zusammen, und in diesem Moment erkennst du die Schönheit vor deinen Augen.

Picasso ist in den wichtigsten Museen der Welt zu sehen, die großen Meister der Erzählung findest du in den Bibliotheken, doch viele andere Zauberer dieser Kunst warten noch quicklebendig in tausend gottverlassenen Bars auf dich, in Berghütten auf hohen Gipfeln, auf einsamen Landstraßen und an menschenleeren Stränden außerhalb der Saison.

Und auf einem Hof zwischen Sozialbauten in Pontedera.

Wo einer der großartigsten Erzähler der Welt gelebt hat, Luciano Rossi, von Beruf Straßenkehrer.

In jungen Jahren war er italienischer Boxmeister im Mittelschwergewicht gewesen und der einzige Überlebende der Bombardierung von Montecassino. Ohne je in den Ring gestiegen oder in den Krieg gezogen zu sein.

Luciano hatte alles, was ein großer Erzähler braucht: eine ungezügelte Phantasie, einen schlingernden Scharfsinn, der es ihm erlaubte, in ungeahnte Gefilde abzudriften, und einen pathologischen Hang zum Lügen.

Und in dieser Hinsicht hatte seine Frau Maria, die stets an seiner Seite war, eine einfache, aber entscheidende Aufgabe. Wenn Luciano in seinem Feuereifer zu sehr übertrieb und etwa sagte: »Damals in New York, als ich den Weltmeistertitel holte …« und irgendwer einwandte: »Entschuldige Luciano, aber war das nicht der Landesmeister?«

»Was? Nein, nein, der Weltmeister!«

»Aber du hast immer gesagt Landesmeister.«

»Weltmeister! Ich habe den Weltmeistertitel geholt!« Und an dieser Stelle drehte sich Luciano zu seiner Frau um: »Stimmt's, Maria?«

Müde und ergeben nickte sie nur einmal, ohne irgendwen anzusehen und ohne ein Wort zu sagen, und Luciano konnte weitermachen.

So ging das Tag für Tag, seit jeher und für immer.

Bis zum letzten Tag, an dem Luciano im Bett lag und in einer Tour abstruses, verworrenes Zeug redete, und der Doktor sagte, das käme vom Schlaganfall, doch wir ihm erklärten, dass Luciano schon immer so gewesen sei.

Irgendwann wurde er still, griff mit seiner noch starken Hand nach meinem Shirt, zog daran, damit ich mich über ihn beugte, und hauchte mir ins Ohr: »Dir vermache ich meine Briefsammlung.«

Das hat er gesagt, und ich glaubte, mich verhört zu haben. Ich hätte ja nicht mal gedacht, dass er schreiben konnte, und jetzt hatte er sogar eine Briefsammlung? Ich fragte bei Maria nach, und zum letzten Mal nickte sie, im reglosen Licht der Welt, die gerade einen ihrer großartigsten Gäste verlor.

Ein paar Tage später war die Briefsammlung bei mir zu Hause. Sie bestand aus einer Blechschachtel für Plasmon-Kekse und enthielt zwei Postkarten. Was einem, wenn man zum Beispiel an Ciceros Briefe denkt, um die neunhundert aus einer Zeit, als man auf Wachs und Tierhäute schrieb, vielleicht nicht besonders viel vorkommt, aber ihre Qualität ist überirdisch.

Die eine hat er 1967 aus San Remo geschickt, wer weiß, was er da wollte, aber auf der Vorderseite ist ein Photo vom Meer mit einer Möwe, und auf der Rückseite schreibt er Maria, dass die Sonne scheine, es ihm gut gehe und er bald zurückkomme, er habe sich inzwischen nur sehr mit dem Bürgermeister angefreundet, der sich an einen seiner Kämpfe dort in der Gegend erinnere und über ein Denkmal ihm zu Ehren vor der Pferderennbahn nachdenke (die es in San Remo allerdings nicht gab).

Aber sein Meisterstück ist die zweite Karte, und es mag in der Literatur des Ostens wohl ähnlich starke Werke geben, von denen ich nichts weiß, doch in der Literatur des Westens, da bin ich mir ziemlich sicher, reicht nichts an sie heran. Sie wurde 1944 von einer nicht näher bestimmten »Front« abgeschickt, von der sich nicht sagen lässt, wo sie sich befand, weil auf der Vorderseite kein Photo war, aber auf der Rückseite hat Luciano auf drei knappen Zeilen ein Wunder von Poesie und Drama zusammengestellt, das ich mir eingerahmt und über den Schreibtisch gehängt habe, so lese ich es jeden Morgen und erinnere mich daran, was für phantastische Zauberwerke sich mit einer Handvoll Wörter erschaffen lassen.

Drei Zeilen an seine damalige Verlobte Maria, viel weniger als ein Sonett, weniger als ein Haiku und doch mehr als sonst etwas auf der Welt.

> Maria,
> mit den anderen gehe ich fremd
> aber ich denke an dich

Einfach so, die ganze Reise der menschlichen Seele in drei Augenblicken. Exposition, Konflikt, Auflösung. Ein Lichtschein, der blendet und sofort verlischt. Die Geburt eines Sterns, eine Bombe, die alles plattmacht, zerstört und betört.

Jedenfalls hat Maria die Karte aus irgendeinem Grund aufgehoben, perfekt und versteckt in der Keksschachtel, während Luciano lebend von der Front heimkehrte, an der er nie gekämpft hatte, aus dem Bett der anderen, mit denen er fremdgegangen war, aber mit den Gedanken immer bei ihr, und sechzig Jahre lang schenkte er dem Universum weitere wunderschöne Geschichten, Tag für Tag bis ans Ende seiner Zeit.

Luciano Rossis eigentliches Juwel geht allerdings auf das Jahr 1966 zurück, auf die Tage des Hochwassers von Florenz. Das zwar so heißt, aber genauso Pontedera heimsuchte, nur dass es in Florenz die Uffizien überschwemmte und in Pontedera nur das Piaggio-Werk, was natürlich nicht so sehr im Gedächtnis geblieben ist.

Doch in den Sozialbauten erinnert man sich noch gut an den Tag, als die grauen Wohnblocks nicht mehr aus dem Beton aufragten, sondern aus dem Wasser, als geschlossenes Karree rings um den Hof, der sich in einen dunklen, tiefen See verwandelt hatte, den die in den Häusern gefangenen Leute von den Fenstern aus fassungslos anstarrten. Es hieß, ein Stück weiter sei die Armee, vielleicht die Marines vom amerikanischen Stützpunkt Camp Darby, aber es kam niemand, und niemand wusste, wie er sich fortbewegen sollte. Allmählich wurde die Milch für die Kinder knapp, die Medizin für die Alten, der Strom für alle.

Doch wie aus dem Nichts kräuselt sich zur Mittagszeit vor den zahlreichen Augen der Bewohner an den Fenstern durch irgendetwas das Wasser des Sees. Es ist Luciano, der zwei große, leere Kerosinfässer mit Seilen zu einem Floß zusammengebunden hat. Er bewegt es mit einer Stange auf den geheimnisvollen Horizont zu und lässt sein Haus hinter sich zurück, das Festland und die tausend gnadenlosen Kommentare, die in so einem Moment aus einem ganzen Wohnblock im Herzen der Toskana auf dich niederprasseln können.

Luciano hört sie aber nicht, er denkt nur an den Horizont, und hinter dem verschwindet er, so lange, dass jeder außer Maria ihn vergisst. Bis man gegen Abend dort hinten einen kleinen Punkt sichtet. Es ist Luciano, der mit seinem Floß zurückkehrt, jetzt aber nur mühsam vorankommt, weil er ein großes, vollbeladenes Schlauchboot hinter sich herzieht.

Milch, Brot, Windeln, Medikamente. Das bringt er mit, das bringt er allen. Und muss Luciano angesichts der weit aufgerissenen, glücklichen Augen, der Rufe und des Beifalls der Familien, die dort wohnen, noch etwas sagen? Nein, natürlich nicht, er braucht nur die Arme auszubreiten, seinen Triumph zu ernten und ein »Nehmt und esst« zu hauchen, während er ihr Schicksal zum Guten wendet. Denn er steht da in der Mitte wie Jesus auf dem See Genezareth, nur statt auf dem Wasser zu wandeln, balanciert er auf zwei Kerosinfässern, aber sonst ist alles gleich.

Luciano ist aber nicht der Messias, Luciano ist ein großer Geschichtenerzähler, und darum kann er es nicht dabei belassen. Er stoppt sein Floß, und vor den aufgesperrten Ohren des zahlreichen Publikums an den Fenstern fuchtelt er mit dem Finger in der Luft herum und schreit:

»Sie wollten mir rein gar nichts geben!«

Seine Worte hallten zwischen den still gewordenen Wohnblocks wider.

»Rein gar nichts! Sie haben doch wirklich zu mir gesagt: ›Was willst du denn, wir behalten das Zeug für den Bürgermeister und die Priester, für euch Hungerleider aus den Sozialwohnungen gibt es nichts!‹ Aber dann hörte ich, wie mich eine Stimme rief. Eine ausländische Stimme, eine amerikanische. Es war ein Marine, ein tiefschwarzer Amerikaner, der schrie: ›Lutschän! Lutschän!‹ Das heißt Luciano auf Amerikanisch. Er hat mich erkannt. Ich hatte ihm während der Bombardierung von Montecassino das Leben gerettet! Er wedelte mit dem Photo von einem Kind, das so schwarz war wie er und lächelte. ›Das sein mein Sohn, ich habe ihn genannt Lutschän wie dein Name, weil er wegen dir geboren ist! Nimm das ganze Zeug hier, my friend, und bringe es zu den Menschen, die du liebst!‹«

So hat es Luciano erzählt, und auf Pontedera und vielleicht auf die ganze Welt senkte sich ein großer Moment des Schweigens herab. Ein Moment nur, um als Auftakt für einen so gewaltigen Applaus zu dienen, dass Luciano, wie er beteuert, sich auf dem Floß festhalten musste, weil der Rabatz des tobenden Publikums das Wasser des Sees zu Strudeln und Wellen aufgepeitscht hatte.

Wahrscheinlich wird irgendwer das jetzt nicht glauben und es für unmöglich halten, aber Tatsache ist, dass ihm gemeinsam mit den Menschenhänden aus den Wohnblocks vom dunklen Grund des Sees auch ein Wunderwesen applaudierte, dessen drei Herzen ein Blut zirkulieren lassen, das blau ist und nun seinetwegen in Wallung geriet: Der Riesenkalmar, der sagenumwobene Kraken klatschte mitten unter ihnen mit seinen unermesslichen Tentakeln Beifall. Mit allen außer einem, den er zur Oberfläche ausgestreckt hatte, um Luciano sanft nach Hause zu schubsen, zu Maria und zum Ende seiner phantastischen Geschichte.

Der Applaus aber hört nie auf. Er dehnt sich bis zum Horizont, in Raum und Zeit, leicht und voll wie das Rauschen des Regens, wenn er auf Dächer und Bäume fällt, und auf uns.

Derselbe Regen geht heute Abend auf die norwegische

Küste nieder, und Pontoppidan hört ihn gut, denn soeben hat sich das Fenster in seinem Rücken geöffnet. Herein kommt ein Tentakel, gleitet bis zum Schreibtisch und tippt die Feder des Bischofs an, wie er es mit Luciano Rossis Floß getan hat. Zweihundert Jahre früher und am anderen Ende der Welt, und doch ist es derselbe Moment, derselbe Ort, derselbe Stups, leicht, aber unwiderstehlich.

Derselbe, der mich so sehr hat abschweifen und abdriften lassen, hin zu Sozialbauten in der Pisaner Ebene, zu Meisterschaften im Mittelschwergewicht, zu Carabinieri-ähnlichen Mispelstämmen und zu Pferderennbahnen an der Riviera. Aber vielleicht muss das ja genau so sein, am Anfang aller Geschichten steht das Abdriften, die Abweichung von einem schnellen, präzisen Kurs. Wäre Odysseus nach dem Trojanischen Krieg schnurstracks nach Ithaka zurückgekehrt, wäre die Odyssee kaum mehr als drei Seiten lang geworden und todlangweilig.

Stattdessen gibt diese Rückreise, mit Sirenen, verliebten Zauberinnen und einäugigen Riesen, dem Leben einen Sinn, so wie unsere Rückkehr nach Norwegen zu Pontoppidan, der sein Leben erzählen muss, und jetzt schwöre ich, dass wir auf schnurgeradem Weg mit ihm gehen.

Auf schnurgeradem Weg oder wohin auch immer der Wind und die Strömungen und unsere Leidenschaften uns tragen, also alles das, was zum Glück größer und stärker ist als das, was wir wollen.

5

Kinder der Geschichten

Da sind wir also wieder bei Pontoppidan, der an seinem Schreibtisch sitzt, während es draußen regnet und durch das Fenster in seinem Rücken ein gigantischer Tentakel zu ihm gleitet, um seine Feder über dem weißen Papier anzustupsen. Und diesen Stups hat der Bischof heute Abend bitter nötig.

Er hat so viel Mühe, so viel sorgfältige Forschung und einen Großteil seines Lebens darauf verwendet, die *Naturgeschichte Norwegens* zu vollenden, in der er gewissenhaft jedes Tier, jede Pflanze und jedes Mineral aufgelistet und beschrieben hat, das sich da im hohen Norden befindet, und nun, kurz vor dem Ende – beim elften Paragraphen des achten Kapitels – kommt er seit Tagen nicht weiter. Denn jetzt kommen die wichtigsten Seiten, und Pontoppidan weiß, wenn er sie nicht schreibt, wenn er einfach so tut, als ob nichts wäre, so wie andere es getan haben, und er sein Werk an dieser Stelle abschließt, wird alles glattgehen. Wenn er aber zu den vielen bisher geschilderten Kreaturen die eine hinzufügt, die er noch im Sinn hat, werden alle über seine Arbeit und über ihn lachen.

Doch heute Abend hat der Bischof endlich eine Wahl getroffen. Das heißt, eine Wahl ist es eigentlich nicht, Wahlen aus Leidenschaft gibt es nicht, eine wahre Leidenschaft lässt dir keine Wahl, es wird getan, was sie will, und basta, allem und allen zum Trotz. Pontoppidan ist zu früh geboren, um Luciano Rossi zu kennen, und zu spät für Don Francesco Negri, und doch sind die drei Brüder. Sie sind die Kinder derselben Geschichten, und dieselbe Leidenschaft treibt sie an, derselbe Tentakel stupst ihre Feder an, die auf dem Blatt zu tanzen beginnt.

Das muss auch so sein, der Name *Kalmar* kommt von *calamaio*, Tintenfass, denn sein Körper enthält viel schwarze Tinte und eine längliche Rückenschale, den *Gladius* in Form einer Feder, die man in diese Tinte taucht. Kurz, der Kalmar ist eine lebende Schreibfeder, er besitzt alles, was man braucht, um etwas Wichtiges zu notieren: einen feinen Stift, ewige Tinte und Leidenschaft, um sie gut zu Papier zu bringen.

Leidenschaft ist der Schlüssel zu den Gefühlen. Bedauerlicherweise zu allen. Nur leidenschaftliche Liebe macht dich wirklich glücklich, nur leidenschaftliche Liebe lässt dich zutiefst leiden.

Und Pontoppidan hat richtig viel gelitten, als er endlich die neue Ausgabe der *Systema Naturae* in die Hände bekam, das Buch, in dem der hochverehrte Professor Carl von Linné die Natur erfasst hat, die ganze Natur, allen Dingen einen Namen gab und so die ganze Welt klassifizierte. Er schuf Gruppen, fasste manche Wesen zusammen und trennte andere, entwickelte eine Ordnung und eine Hierarchie. Kurz, Linné hat entschieden, wer du bist, wie du heißt und wo im großen Buch des Lebens du stehst. Wenn er dich in diesem Buch allerdings nicht erwähnt, gibt es dich auch nicht.

Deshalb hat Pontoppidan so gelitten, als er dieses kostbare Werk aufschlug, es ganz durchblätterte und ihn nicht fand, den Kraken.

Nichts. Nicht die kleinste Andeutung. In der ersten Ausgabe hatte es ihn noch gegeben, dann hatte Linné beschlossen, ihn von der Liste zu streichen. Sicher nicht, um sie zu kürzen, denn die erste Ausgabe war ein Heftchen von elf Seiten gewesen, und die letzte sollte dreitausend umfassen. Vielmehr scheint er den Rat eines seiner Kollegen befolgt zu haben, Peter Artedi, der ihn daran erinnerte, dass gesicherte Beweise fehlten, Daten, die sich überprüfen und messen ließen: »Vorsicht, Professor, seien Sie auf der Hut, tun Sie nichts Unüberlegtes …«

Und so hat Linné, im Namen der Vorsicht und der Präzision, aus dem Buch, das sämtliche Lebewesen des Planeten versammelt, ausgerechnet eines der größten von ihnen entfernt. Artedi, der ihm immer wieder sagte: »Vorsicht, Professor, seien Sie auf der Hut, tun Sie nichts Unüberlegtes …«, passte eines Abends in Holland nicht auf, wohin er seine Füße setzte, stürzte in eine Gracht, und das war's dann.

Die Vernunft ist so, ein weiter, strahlender Horizont, zu dem man allerdings nur durch ein enges Nadelöhr gelangt, eine Art Pförtnerhäuschen, wo geprüft, ausgewählt und aussortiert wird. Sich strenge, präzise Grenzen zu setzen, ist ihr Vorteil und ihre Stärke. Aber Grenzen sind genau das, was der Schöpfer nicht kennt, und um sein Werk zu studieren, müssen folglich auch wir von ihnen abkommen und, so gut es geht, standhaft auf dem schwankenden Floß der Phantasie bleiben, das uns auf hoher See irgendwie über Wasser hält, wo man nichts berührt, nichts klassifiziert, nichts ausmisst.

Genau dorthinein will Erik Pontoppidan sich heute Nacht stürzen und das Wunderwesen, das es Linné zufolge nicht gibt, Seite um Seite mit zahlreichen Details beschreiben.

Die hat er in vielen Jahren auf Dienstreisen in seinem Bistum gesammelt, auf langen Wanderungen, auf denen die leere Zeit die Verpflichtungen überwiegt. Er muss nicht einmal fragen, die entsetzten Gläubigen laufen von sich aus zu ihm, wenn sie im Meer etwas Unglaubliches gesehen haben, und sie wollen seinen Segen, bevor sie in die Wellen zurückkehren. Fischer, Seeleute, Menschen, die ihr Leben auf dem Meer verbringen und dort auch häufig verlieren und die es besser kennen als jeder Gelehrte. Trotzdem sind ihre Berichte für die Gelehrten nichts wert, die sie sich nicht einmal anhören und erklären, sie seien ja »nur Geschichten«.

Nur Geschichten? Wie kann man denn ein »*nur*« vor Geschichten setzen?

Das ist so, als würde einer nach Hause kommmen, und sein Haus steht in Flammen, und du sagst zu ihm: »Na, halb so wild, da drin ist *nur* deine Mutter.«

Die Geschichten sind so viel, sind alles. Wenn es keine Geschichten gibt, dann gibt es überhaupt nichts mehr.

Das habe ich neulich auch zu Signora Franca gesagt, meiner achtzigjährigen Nachbarin, die sich Gedanken macht, weil sie sich nicht mehr sicher ist, ob sie ihren Freund noch liebt.

Ich sah, dass sie nicht mehr dieselbe war, sie lächelte weniger und eher schief, und seit einer Woche brachte sie mir kein Kartoffelpüree mehr, das sie normalerweise jeden zweiten Tag kocht.

Nach vielen Jahren als Witwe war sie im vergangenen Frühjahr mit Sergio wiederaufgeblüht. Sie hatten sich beim Seniorentanz kennengelernt, beide waren hingegangen, weil ihre Kinder sie dazu genötigt hatten, damit sie vielleicht jemanden kennenlernten und einen schönen Tag hatten. Aber sie hatten nicht getanzt, sie hatten sich auf zwei benachbarten Stühlen gefunden und sich ineinander verliebt, während sie sich über all die schlechttanzenden Alten da vor ihnen lustig machten.

Eine wahre, starke Liebe, von der Sorte, die die Leute »Teenagerliebe« nennen, doch nur, weil sie nicht das Glück haben, ihr auch später im Leben zu begegnen. Doch Signora Franca hatte dieses Glück, ein Jahr voller Magie und erneut klopfendem Herzen. Aber jetzt war sie sich nicht mehr sicher, ob sie ihn noch liebte. Und sie litt darunter.

Sehr sogar, denn wenn man schon zu mir kommt, um in Liebesdingen um Rat zu fragen, muss man wirklich schlimm dran sein. Aber diesmal kannte ich die Antwort für jemanden, der an seiner Liebe zu einem anderen Menschen zweifelt. Sie ist klar und einfach, und eigentlich ist sie eine Frage:

Hast du noch Lust, ihm Geschichten zu erzählen?

Geschichten darüber, was du tust, was du denkst, was du gesehen oder gehört hast. Daran erkennst du, ob ihr noch verliebt seid. Nicht daran, wie oft ihr Sex zusammen habt, oder an den kleinen Geschenken, die ihr austauscht, sondern an den Geschichten, die ihr euch erzählt. Liebe ist das große Bedürfnis, zu erzählen, zuzuhören, alles miteinander zu teilen und zu vermischen, was ihr erlebt, alles, was ihr vom ersten Kindergartentag bis heute gemacht habt, jedes Ereignis hat erst jetzt einen Sinn, da ihr zusammen seid und es euch erzählen könnt.

Wenn ihr dagegen von der Arbeit nach Hause kommt und euch fragt, wie es war, und du antwortest *gut*, und sie antwortet *gut*, dann wird es Zeit, dass ihr euch die Hand gebt, euch viel Glück wünscht und jeder seines Weges geht. Denn wenn ihr euch liebt, dann schickst du ihr eine Nachricht aus dem Büro, um ihr zu schreiben, dass du einen neuen Kollegen hast, einen, der Mussolini wie aus dem Gesicht geschnitten ist. Und sie lacht und will alles darüber wissen, und am nächsten Tag wird Mussolini idiotische Schuhe tragen, und du wirst versuchen, sie heimlich zu photographieren, um sie ihr zu zeigen, und sie wird zur Beschreibung dieser Schuhe ein Adjektiv verwenden, von dem du hin und weg bist, eins, das nur sie sich ausdenken konnte, und …

Kurz gesagt, das ist für mich Liebe. Nicht Rosensträuße, Candlelight-Dinner, Stofftiere und Gedichte: Liebe besteht aus Geschichten.

Die Liebe zwischen Liebenden, aber auch die zwischen Freunden und die zu Kindern.

Wenn dein Sohn zusieht, wie die Schwalben fliegen, und dich fragt, wieso sie diesen Winter nicht da waren, und du ihm antwortest: »Weil Frühling ist« und ihm das Handy in die Hand drückst, damit er dich nicht stört, sollte das Jugendamt kommen und ihn dir wegnehmen. Weil du genauso bist wie die, die ihre Kinder ohrfeigen. Es ist eine andere

Ohrfeige, aber sie richtet jede Menge Schaden an. Stattdessen solltest du ihm haarklein erzählen, dass die Schwalben, wenn ihnen kalt wird, nach Nordafrika fliegen, das weit weg ist und das wir nicht mal mit dem Navi finden würden, während die Schwalben da zielsicher landen, weil sie einen natürlichen Kompass im Kopf haben. Und im Frühling kommen sie zurück, um über eurer Haustür zu nisten, aber nicht etwa irgendwelche Schwalben, sondern es ist genau die Schwalbe vom Vorjahr, die nach Afrika geflogen ist und zu dir zurückkommt. Das musst du deinem Sohn erzählen, und zwar wirklich so gut du es kannst, damit er versteht, was für ein Schwein er gehabt hat, auf diesem verrückten Planeten geboren zu sein.

Das kann man nur auf diese Art verstehen, von Geschichten umfangen, die dich packen und nach oben tragen, weit hinaus über das Handydisplay, über die grauen Wohnblocks, über Warteräume und Supermärkte und dir den unermesslichen Horizont enthüllen, an dem die Schwalben fliegen und an dem auch du fliegen kannst.

Diesen Horizont sieht Pontoppidan dank der Geschichten, die ihm die vielen Gläubigen entlang der Küste erzählen. Und heute Abend ist es an ihm, sie alle aufzugreifen und zusammenzufügen und der Welt vom »dritten und ohne Zweifel allergrößten Seeungeheuer in der ganzen Welt« zu erzählen.

Vom dritten, ja, denn in einer Anwandlung von Großzügigkeit hat er schon die Existenz von riesigen Seeschlangen und von sowohl weiblichen als auch männlichen Sirenen bestätigt. Doch jetzt ist der Kraken, oder Kraxen, oder Krabben, an der Reihe, und was die geheimnisvolle Natur und die Merkmale dieses Tiers betrifft, kann der Bericht gar nicht anders sein als »nur sehr mangelhaft und unhinlänglich und also geschickter, die Neubegierde des Lesers eher zu reizen als zu stillen«.

Übrigens »viele ausländische, alte und neue Skribenten, als ich nur Gelegenheit gehabt habe, durchzusehen und in solchen Materien zu Rate zu ziehen, wissen unter der rechten und eigentlichen Beschaffenheit dessen fast nichts davon«, schickt Pontoppidan voraus, doch nur, weil der Bischof keine Gelegenheit hatte, Don Negris Reisetagebuch zu lesen. Der nannte den Kraken Sciu-Crak, aber beide beschrieben ihn als »rund, flach und gleichsam mit Zweigen versehen, … die in Wahrheit Tentakel sind«.

Dem Bischof zufolge gehört er zur Familie der Polypen oder der Seesterne, doch seine Größe ist beunruhigend: Alle Quellen stimmen darin überein, dass sein Umfang mindestens zwei Kilometer beträgt, und »einige sagen noch mehr, ich will aber der Sicherheit wegen die geringste Größe angeben«.

Wegen seiner riesigen Ausmaße kommt es manchmal vor, dass er ein, zwei Boote versenkt, aber ohne böse Absicht und sogar, ohne es zu merken: Der Kraken schwimmt in Gedanken versunken durch die Gegend, verursacht aber auf diese Art Strudel, die die unglücklicherweise vorbeikommenden Boote und Kriegsschiffe in die Tiefe reißen können.

Von Natur aus ist er nicht bösartig, er ist nur sehr groß, so viel größer als wir, dass er keine Notiz von uns nimmt und uns töten kann, ohne es überhaupt mitzubekommen.

Wie das bei einem Mädchen aus meiner Klasse war, damals in der Mittelschule, sie hieß Sara, und ich kannte sie schon lange, weil wir zusammen zum Religionsunterricht gingen. Sie war gut in der Schule und sogar ein bisschen sympathisch, obwohl sie nicht gerade viel redete. Es heißt ja immer, durch die Schule wächst man, aber sie wurde durch die Schule eines Tages fast umgebracht. In der siebten Klasse, an dem Morgen, als unsere Biologielehrerin uns von der wunderbaren Welt der Ameisen erzählte.

Die zahlreich und klein sind, und meistens verschwenden wir nicht einen Gedanken an sie, doch Ameisenhaufen sind geniale Konstruktionen, und in ihrem Innern gibt es ein Organisationssystem, gegen das wir im Vergleich ausgesprochen chaotisch sind. Und ich meine nicht nur wir in Italien, dazu gehört ja nicht viel, sondern wir Menschen im Allgemeinen, auch die weiter nördlich, die eher dazu neigen, alles ordentlich zu erledigen. Nein, auch sie sind, verglichen mit den Ameisen, ein Witz.

An diesem Morgen drehte Sara völlig durch. Denn nun war sie besessen von Ameisen, Fliegen, Wanzen, Holzwürmern und allen phänomenalen Kreaturen, die wir nur wegen ihrer geringen Größe nicht beachten. Wenn wir nämlich mit dem Auto unterwegs sind und eine Katze oder einen Hund überfahren, halten wir an, sind todunglücklich und vergießen einen Haufen Tränen, während wir doch schon allein beim Gehen in jeder Sekunde wer weiß wie viele Ameisen und andere Insekten zertreten, ohne darauf zu achten.

Aber von dem Tag an achtete Sara darauf. Sehr sogar, zu sehr. Sie konnte sich aus Angst, irgendeinem kleinen Tier weh zu tun, nicht mehr fortbewegen. Und als ihre Mutter in dem Versuch, ihr zu helfen, sie darauf hinwies, dass jedes

Ding mit Millionen und Abermillionen Mikroben bedeckt ist und wir daher, um sie nicht zu töten, überhaupt nichts mehr anfassen dürften, erreichte sie genau das Gegenteil, denn Sara verließ nun ihr Bett nicht mehr, um keine Mikrobe auf dem Gewissen zu haben.

Das ganze siebte Schuljahr über erschien sie nicht mehr zum Unterricht und das Jahr darauf auch nicht, und Mara, die Hausmeisterin, sagte, sie sei in einer Klinik. Wer weiß, in was für einer Klinik, vielleicht in einer, wo man lernt, Ameisen weh zu tun, keine Ahnung. Aber heute ist sie verheiratet und hat zwei Kinder, also hat sie irgendwann beschlossen zu leben, auf die Gefahr hin, ein paar Insekten und Mikroben zu töten, und ich kann sie verstehen. Doch ich kann auch den Kraken verstehen, der, weil es im Meer keine Kliniken gibt und er wahrscheinlich viel zu tun hat, herumschwimmt, wie es ihm gefällt, und nicht besonders auf uns, die wir für ihn Ameisen sind, achtet.

Er ist so riesig, dass er, wenn er auftaucht, wie er es bei ruhiger See und freundlichem Wetter gern tut, nicht einem Tier, sondern einem Stück Land gleicht.

So lassen sich für Pontoppidan die vielen Sichtungen geheimnisvoller Inseln erklären, die zur Verwirrung von Seefahrern und Kartographen dort in den Meeren zum Vorschein kommen und wieder verschwinden. Manch einer hält sie für Gaukelspiele des Teufels, der die Menschen gern überall quält, zu Land und zu Wasser, aber in Wahrheit ist dieser Teufel der Kraken, und die Inseln sind seine an der Oberfläche treibenden Tentakel. Dann beschließt er, in sein Tiefsee-Zuhause zurückzukehren, die Inseln verschwinden mit ihm, und er lässt viele Strudel und einen schwarzen

Schaum zurück, und auch uns winzige Menschen, erschüttert und verwirrt.

Auch Pontoppidan gerät manchmal in Verwirrung durch die vielen Geschichten der Seeleute und Fischer, durch ihre Stimmen, rauh und tief wie die Spuren in ihrem Gesicht und wie die, die sie ihm auf ihren Seesäcken aus Walfischhaut zeigen: Narben, rund und deutlich, unleugbar da vor ihm, in der Form vieler tödlicher Saugnäpfe, so groß wie Menschenköpfe.

Und dann die Zeugnisse von Offizieren, von Kaufleuten und von anderen Prälaten wie etwa Hochwürden Friis, Konsistorialassessor von Bodø in Norwegen, der von einem Kraken berichtet (»vielleicht ein junger und unvorsichtiger«), der 1680 zu dicht an die Küste geraten ist, sich mit seinen Armen in den Ästen der nahe an der Bucht stehenden Bäume verfing und dort starb, so dass sein wunderbarer Körper diese Bucht tagelang versperrte.

Das hatte Friis mit eigenen Augen gesehen, und noch vieles andere hatte Bischof Pontoppidan mit eigenen Ohren gehört. Der Jahr um Jahr das Klügste und Demütigste getan hat, was man tun kann, um zu lernen: Er hat zugehört.

Glaubensdienern und Fischern, Seemännern und Reisenden, Notaren und Hafenarbeitern, ein Leben lang hat er sich ihre Geschichten angehört und damit Notizbücher über Notizbücher gefüllt. Und so schenkt uns Pontoppidan heute Abend, während die anderen Gelehrten sogar die Erwähnung seines Namens vermeiden, eine sorgfältige und exakte Beschreibung dieses riesigen, runden Wesens mit seinen vielen Tentakeln voller Saugnäpfe, das in den unendlichen Tiefen lebt und beim Abtauchen eine undurchsichtige Substanz hinterlässt, die das Meer dunkel färbt. Kurz, ohne sich dessen selbst ganz bewusst zu sein, offenbart der Bischof der Welt nun das Aussehen eines ihrer spektakulärsten Wunder, des Riesenkalmars.

Und zum Dank bricht die Welt in Gelächter aus.

Sehr laut. Und sehr lange. Aber das ist nicht weiter schlimm. Der Kalmar da unten auf dem Meeresgrund hört es ja nicht, und Pontoppidan tut es zwar leid, doch nicht für sich persönlich. Es tut ihm leid für Gott, denn jedes Mal, wenn uns ein Geschöpf zu phantastisch erscheint, um existieren zu können, ist das eine Beleidigung, die wir dem Schöpfer zufügen. Vor allem aber tun Pontoppidan diese Spottlustigen leid, weil ein Leben ohne den Glauben an etwas, das über das hinausgeht, was man sehen oder anfassen kann, wirklich traurig sein muss.

Denn nachdem sie fertiggelacht haben, beenden sie die Diskussion tatsächlich mit dem Hinweis, dass, wenn es ein so großes Tier gäbe, wir es ja deutlich und sehr oft sehen müssten, stattdessen bekämen wir diesen Kraken aber nie zu Gesicht. Was sie aber nicht verstehen, ist Folgendes: Wir begegnen ihm nur deshalb nicht, weil er uns meidet.

So wie wir Einladungen zum Abendessen von langweiligen Leuten meiden, die nur über das Wetter, Steuern, Autos und andere trockene Lebenskrümel reden können. So sind wir für den Kraken, für das gewaltige Wunder des Riesenkalmars.

Er lebt in sagenhaften, unerforschten Tiefen und kann an tausend aufregenden Schauspielen vorbei von Kontinent zu Kontinent ziehen, warum sollte er seine Zeit da mit uns vergeuden, mit kleinen, vorsichtigen Langweilern, die nur an die zwei oder drei Kleinigkeiten glauben, die sie sehen und die sie gebückt und gewissenhaft ausmessen?

Nein, nein, er denkt nicht im Traum daran, sich mit uns abzugeben. Und wenn er manchmal in unsere Nähe kommt, dann um sich einen Spaß daraus zu machen, er taucht aus dem Wasser auf, erschreckt jemanden und flitzt wieder weg. Wie Halbwüchsige an Abenden, an denen draußen einfach nichts los ist, so dass sie sich Klingelstreiche einfallen lassen und dann lachend weglaufen.

In seltenen Fällen spürt der Riesenkalmar, dass auch um uns herum etwas Besonderes passieren kann. Dann schwimmt er zu uns und begleitet Don Negris abenteuerliche Reise zum Nordkap, Pontoppidans Forschungen an den Küsten seines Bistums und Luciano Rossis glorreiche Rückkehr auf dem Floß seiner Geschichte.

Die Geschichten bewegen sich mit uns, in den hohen Norden der Welt, auf den Meeresgrund, überallhin. Man hält ihre Bedeutung für winzig, aber sie sind wie die Ameisen: klein, doch zusammen werden sie zu Wundern. Sie sind höchst sonderbar, wunderschön, alle gleich und jede für sich einzigartig.

Die Geschichten sind wir. Die Geschichten sind wir.

6

Miserable Freunde,
großartige Totengräber

Jetzt müssen wir aber mal kurz anhalten.

Auch wenn man auf See nie wirklich anhält. Fährst du nicht weiter, tragen dich Wind und Strömung, wohin sie wollen. Du bist Mächten ausgesetzt, die viel größer sind als wir, ohne konkretes Ziel und daher in Gefahr, sonstwo zu landen.

Trotzdem bleibt uns keine Wahl, wir müssen kurz anhalten und zugeben, dass wir vorhin nach Strich und Faden gelogen haben.

Lügen sind an sich nichts Schlimmes, im Gegenteil, sie sind notwendig. Ohne Bienen ginge die Welt in kurzer Zeit zugrunde, ohne Sauerstoff wären wir alle in einer halben Minute tot, aber ohne Lügen wären wir noch viel schneller hinüber. An dem Tag, an dem die Menschheit beschließt, nicht mehr zu lügen, sollte man besser gleich von einem Dach oder vor einen Zug springen, denn wir würden uns im Handumdrehen mit Steinen und Keulen totschlagen. Die menschliche Gesellschaft ist ein großer Tempel, in Jahrtausenden erbaut und voller Dekorationen bis zum Himmel hinauf, aber sie steht auf einem gewaltigen Fundament aus Lügen.

Sie sind es, die uns in der Schlange an der Supermarktkasse geduldig ausharren lassen, die uns dazu bringen, Vorgesetzten, Polizisten und Lehrern zu gehorchen, und die uns frühmorgens aus dem Bett werfen, damit wir zur Arbeit gehen. Sie sind es, die zwei Menschen an einem Tisch festhalten, wo sie über Essen und Wein parlieren, anstatt sofort übereinander herzufallen, um Sex zu haben oder sich die Kehle durchzuschneiden.

Lügen halten das zivilisierte Leben zusammen und auch unser Herz, unser armes, strapaziertes Herz, das sonst brechen und zu Staub zerfallen würde, und dann gute Nacht. Stattdessen kommt unser Herz jedes Mal davon, eben weil es ihm gelingt, an Notlügen zu glauben wie etwa »Es liegt nicht an dir, es liegt an mir« oder »Ich bin noch nicht bereit für eine Beziehung« oder »Du bist zu viel für mich, ich verdiene dich nicht, darum verlasse ich dich«.

Es scheint unmöglich, dass man jemandem solche Worte abkauft, doch wenn wir richtig verzweifelt sind, kriegen wir das hin. Wie meine Tante Gilda, deren Beine dick und klobig wie zwei Kiefernstämme waren, und um von der Küche ins Bad zu kommen, brauchte sie einen Nachmittag. Aber eines Tages, als sie über den Kirchplatz ging, war ein Schäferhund über einen Zaun gesprungen und zähnefletschend auf sie zugerannt, und da stürmte Tante Gilda zu einer Platane und sprang hinauf, ich schwöre, bis auf den höchsten Ast. Wir sind zu allem fähig, wenn es ums Überleben geht. Dann klettern wir plötzlich wie wild gewordene Eichhörnchen und glauben die idiotischsten Lügen.

Wie die, die wir vorhin erzählt haben, und darum müssen wir jetzt mal kurz anhalten und darauf zurückkommen. Wir haben über die Dinosaurier gesprochen, die es auf der Erde wirklich gegeben hat, eine wichtige und spektakuläre Tatsache, die wir nie vergessen sollten. Aber genau das ist eine Lüge: Es stimmt nicht, dass es Dinosaurier gegeben hat, es gibt sie immer noch.

Es gibt da einen, der im Zickzack gelaufen ist zwischen Meteoriten, Lavaspritzern, von Erdbeben aufgerissenen Kluften und tausend anderen Katastrophen, die während des großen Massenaussterbens am Ende der Kreidezeit fast alle Tiere hinweggerafft haben. Ihn nicht, er hat diese harten Zeiten überstanden, und noch heute, nach vielen Millionen Jahren, lebt er und planscht vergnügt im Meer.

Absurd, verrückt, unmöglich. Das dachte auch Kapitän Goosen vor der südafrikanischen Küste am 23. Dezember 1938.

Er kam von einem besonders glücklosen Fischfang zurück, und bevor er in den Hafen einlief, hatte er beschlossen, vor der Mündung des Chalumna-Flusses die Netze auszuwerfen. Nur so, um sich vor dem Zubettgehen sagen zu können, dass er nichts unversucht gelassen hatte. Und als er sie hochzog, fand er darin einen anderthalb Tonnen schweren, gut sortierten Fischmix und zwei Tonnen Haie.

Aber nicht das ist das Merkwürdige. Die Mengen des industriellen Fischfangs waren damals so riesig, und heute sind sie noch erschreckender. Inzwischen sind manche

Fischereifahrzeuge schwimmende Fabriken, die Fisch in schwindelerregenden Mengen fangen, an Bord verarbeiten und konservieren, und pro Jahr beläuft sich der Fischfang weltweit auf fast zweihundert Millionen Tonnen.

Das Merkwürdige ist dagegen die Kreatur, die man ganz unten im Netz findet. Ein großer, blauer Fisch von ungefähr acht Kilo, kompakt und gepanzert, der aus Stein zu sein scheint. Denn das große Gewicht, das auf ihm lastete, hat ihn nicht zerdrückt, er ist sogar noch am Leben, was der Kapitän entdeckt, als er nach ihm greifen will und ein Schnappen ihm fast die Finger abgerissen hätte.

Doch schließlich kann er ihn in einen Sack stecken, und kaum ist er im Hafen angekommen, ruft er Miss Latimer an, die zarte, junge Frau, die im Provinzmuseum arbeitet.

Schon als Kind begeisterte sich Marjorie für Vögel und Blumen, verlor mit zwanzig die Liebe ihres Lebens und beschloss, ihre Leidenschaft fortan ausschließlich auf die Tiere zu richten. Sie stand kurz vor dem Abschluss einer Ausbildung zur Krankenschwester, als ihr zu Ohren kam, dass eine Stelle im Museum frei sei, sie bewarb sich und wurde sofort angenommen, weil sich niemand so gut mit den unermesslichen Wundern der Natur auskennt wie sie.

Gewiss, der Bestand des Museums ist nicht ganz so unermesslich. Ein möglicher Besucher könnte sechs verletzte Vögel bewundern, ein Ferkel mit sechs Beinen in einem Glas mit Formaldehyd, alte Photos des Städtchens und einige Drucke von den Kriegen der Kolonisten gegen die einheimischen Xhosa. Aber Marjorie ist zielstrebig und voller Enthusiasmus, sie bittet die Fischer immer wieder, ihr Bescheid zu sagen, falls sie zufällig etwas Interessantes heraufholen.

Nach dem Anruf von Kapitän Goosen hastet Marjorie zum Hafen – im Taxi, weil sie nicht Auto fahren kann –, nimmt dieses ein Meter fünfzig lange Ungetüm und hält, nachdem sie es von mehreren Schichten Schleim und verrotteten Algen befreit hat, »den erstaunlichsten Fisch« im Arm, »den ich je gesehen habe«.

Nicht ganz so begeistert ist der Taxifahrer, der sich weigert, ihn an Bord zu nehmen, doch sie duldet keine Widerrede, bugsiert ihn auf den Rücksitz, und ab geht es zum Museum, wo er untersucht und irgendwo in der gähnenden Leere ausgestellt werden soll, mit einem schönen Schild, auf dem steht, was das ist.

Nur dass Marjorie genau das nicht weiß. Was das für ein Fisch ist.

Also sucht sie Hilfe bei Professor J. L. B. Smith, einem Freund von ihr, der an der nahe gelegenen Rhode University lehrt. Eigentlich unterrichtet er Chemie, ist aber ein begeisterter Ichthyologe und würde am liebsten sofort angelaufen kommen, doch er ist dienstlich unterwegs und braucht einige Tage. Unterdessen droht der mysteriöse Fisch zu verfaulen, und so wendet sich Marjorie verzweifelt an das Leichenschauhaus, wo man sie für verrückt erklärt und wegjagt, dann findet sie zum Glück einen Herrn, der nebenberuflich als Tierpräparator arbeitet und den Fisch wirklich konserviert. Und so kann Professor Smith, als er endlich kommt, ihn in Ruhe untersuchen, um sein Urteil abzugeben.

Das Problem ist nur, dass auch er so eine Kreatur noch nie gesehen hat.

Das heißt, eigentlich doch, allerdings nur auf den wunderbaren Steinpostkarten, die uns von Zeit zu Zeit aus der tiefsten Vergangenheit erreichen und die wir Fossilien nennen. Also mustert der Professor den blauen Fisch, sieht ihn sich wieder und wieder an, und nachdem er ihn sich wirklich genau angesehen hat, fängt er noch einmal von vorn an. Doch schließlich muss er sich aufraffen und es aussprechen, dass nämlich Kapitän Goosens Trawler einen Quastenflosser gefangen hat.

Einen Quastenflosser, der zur Zeit der Dinosaurier lebte und mit ihnen ausgestorben ist, vor fünfundsechzig Millionen Jahren.

Bis jetzt, da Fischer ihn gefunden haben, ein Teilzeit-Tierpräparator ihn konserviert hat und eine junge Frau aus einem kleinen Provinzmuseum und ein mit ihr befreundeter Hobby-Fischkundler ihn identifiziert haben.

Sie drehen ihn unaufhörlich hin und her, vermessen ihn, studieren ihn. Doch sie hantieren mit einem Hirngespinst, einem aus der Tiefe der Urgeschichte entwischten Flüchtling, der mit der Zeitmaschine bis hierher geflitzt ist.

Seine Haut ist mit steinharten Schuppen gepanzert, und seine großen, von Knochen gestützten Brust- und Afterflossen erinnern an Oberarme und Oberschenkel, die Ansätze von Füßen, die er vor 380 Millionen Jahren benutzte, als die Evolution auf ihrem langen Weg an eine Gabelung kam und eine Reihe von Wirbeltieren sich überlegt hat, direkt im Meer weiterzumachen, bis sie sich in die heutigen Fische verwandelt haben, während andere, die solche Füße hatten, an Land geklettert sind, um dann Amphibien, Reptilien, Vögel, Säugetiere und wir zu werden.

Zumindest dachte man das. Alles lag klar auf der Hand,

fein säuberlich dargelegt und in das System gezwängt, das wir uns ausgedacht haben. Und dann springt heute Abend dieses plumpe, blaue Ungetüm aus dem Ozean und wirft alles über den Haufen.

Und während Smith und Latimer heftig die Augen aufreißen, schütteln viele andere Gelehrte mit der gleichen Heftigkeit den Kopf: Nein, das kann so nicht sein, also ist es auch nicht so. Schon der Direktor des Museums versucht, ihren Traum zu demontieren. Und Smiths Universitätslaufbahn zu retten: »Doc, was fällt dir ein? Ich kann doch nicht seelenruhig zusehen, wie du deine wissenschaftliche Glaubwürdigkeit ruinierst.« Denn das hier ist kein Quastenflosser, es kann keiner sein, es ist etwas anderes.

Und die zwei: »Gut, aber was ist es dann?«

»Na ja, das ist … also, das ist eindeutig ein … genau, das ist ein Zackenbarsch, einer von diesen plumpen Fischen, die in Riffen leben, das ist er.«

»Ach ja? Aber der Schwanz, zum Beispiel, sieht anders aus.«

»Natürlich, weil … weil dieses Exemplar, als es klein war, sich seinen Schwanz irgendwie verstümmelt hat, und dann ist er so nachgewachsen.«

»Na gut. Doch abgesehen vom Schwanz, hat er auch eine andere Körperform und eine andere Farbe. Kurz, da stimmt überhaupt nichts. Bist du sicher, dass das ein Zackenbarsch ist?«

»Ja. Das heißt, eigentlich, nicht hundertprozentig, aber es ist mit Sicherheit kein Quastenflosser. Ein lebender Quastenflosser, heute, also wirklich … das ist unglaublich, das ist unmöglich, das ist …«

»Jaja, schon gut, aber er ist hier«, antworten Marjorie und Professor Smith.

Der Direktor schüttelt weiter den Kopf und mit ihm die Mehrheit der Gelehrten. Besonders die Paläontologen, die viele Jahre und Hunderte von Aufsätzen und Vorträgen darauf verwandt haben, zu erläutern, in welcher Epoche und aus welchen Gründen der Quastenflosser ausgestorben ist, mit wissenschaftlichen Beweisen, die über jeden Zweifel erhaben sind, und ...

Jaja, schon gut, aber er ist hier.

Und er ist makellos, vollständig erhalten, real. Ein lebendes Fossil, sie haben ihn vor ihren Augen, und doch sehen viele ihn nicht. Denn er ist »zu unwahrscheinlich«, um akzeptiert zu werden.

Und leider ist es zu spät, um die sanfte, doch unerbittliche Stimme des größten Fossilienjägers der Welt zu hören, des Pioniers, der ganz allein die Erdgeschichte verändert hat. Es ist die Stimme einer Frau, sie hieß Mary Anning, und ihr Leben ist der deutlichste und glühendste Beweis für die Tatsache, dass nichts auf der Welt »zu unwahrscheinlich« ist, um wahr zu sein.

Das hat sie sofort erkannt. Sie war damals kaum ein Jahr alt, und doch glaubt sie, sich an all die Gesichter im Kreis über sich zu erinnern, die sie anschauten, wie sie dort im Gras lag, und sagten: »Nein, das ist doch nicht möglich, das ist doch nicht möglich!«

Einen Augenblick zuvor war Mary im Schatten einer großen Ulme auf dem Arm einer Freundin ihrer Mutter gewesen, die sich zusammen mit einer weiteren Frau auf freiem

Feld die Pferde ansah. Dann schoss, wie ein Blitz aus heiterem Himmel, aus dem heiteren Himmel tatsächlich ein Blitz direkt auf den Baum und auf sie zu. Die beiden Frauen waren schlagartig tot und erst recht das kleine Mädchen.

Dort liegt sie, winzig auf dem Feld, die Augen geschlossen, das Herz still. Eine Tragödie, doch weniger aufsehenerregend als heute: Das 19. Jahrhundert hat gerade begonnen, und in Großbritannien stirbt die Hälfte der Kinder vor der Vollendung des fünften Lebensjahrs.

Und so hat die Kleine ihren Namen Mary auch zum Andenken an eine ihrer Schwestern, die mit vier Jahren Holz ins Feuer warf und bei lebendigem Leib verbrannte, aber hätten ihre Eltern alle ihre Kinder, die in den Himmel kamen, auf diese Weise ehren wollen, wäre Marys Name ellenlang. Sie hatten zehn Kinder in die Welt gesetzt, und nur sie und ihr Bruder Joseph überlebten.

Nein, jetzt hat der Blitz auch Mary fortgenommen.

Doch als Eltern und Verwandte Anstalten machen, wieder eine unschuldige Seele zu beweinen, schlägt Mary die Augen auf. Sie sieht die Gesichter, die sie anschauen, im Kreis über sich, streckt die Arme aus und lächelt. Und alle schreien auf und danken dem Herrn, aber vor allem zeigen sie auf Mary und wiederholen jetzt und ihr ganzes Leben lang, immer wenn sie sie vorbeigehen sehen: »Nicht möglich, nicht möglich, nicht möglich!«

Trotzdem ist Mary am Leben, und der Blitzschlag hat ihr, anstatt sie zu vernichten, einen vibrierenden, ungestümen Charakter geschenkt, der ihr bei den unzähligen Schwierigkeiten, die das Schicksal für sie bereithält, nützlich sein wird: Die Familie ist bettelarm, der Vater ist Tischler und bessert sein Einkommen mit der Suche nach Fossilien auf den Klippen von Lyme Regis auf, an der Küste von Dorset. Damals war nicht bekannt, was diese Figuren im Stein sein könnten, und im Zweifel verkauft er sie für wenig Geld an vorüberkommende Touristen, so wie man heute Schneekugeln und Kühlschrankmagnete verkauft. Als Mary elf Jahre alt ist, stirbt ihr Vater an Tuberkulose, und die Fossilien-Souvenirs sind nun ihre Sache und die ihres Bruders.

Inzwischen ist klar, dass Sterben in jenen Breiten schneller geht als Niesen, und unter den vorspringenden Felsen im Winter noch eher, wenn Unwetter und Sturmfluten sie in den tobenden Ozean stürzen lassen. Aber das sind auch die besten Gelegenheiten, um Fossilien zu finden, also hoffen Mary und Joseph, dass die Felsabbrüche Schätze freilegen, ohne sie beide für immer zu begraben.

Und so stehen zwei Kinder, teils aus Hunger, teils zum Spaß, am Anfang einer Reihe von Entdeckungen, die die Geschichte unseres Planeten für immer verändern werden.

Denn sie sollten zwar kleine, hübsche Fossilien sammeln, Muscheln und Einsiedlerkrebse, Krabben, versteinerte Blätter und andere Kuriositäten, die ein Tourist für einen Pappenstiel kaufen und in die Tasche stecken kann. Doch als Mary zwölf Jahre alt ist, finden sie den Schädel und dann das vollständige Skelett eines Tieres, das auf den ersten Blick wie ein Krokodil aussieht, aber wie ein riesiges, mit mindestens zweihundert Zähnen im Maul, einem spitzen Kopf und Delphinflossen, mit einer Wirbelsäule wie ein Fisch, doch dem Brustkorb einer Echse.

Es ist ein Ichthyosaurus, der im Meer lebte und mehr als zwanzig Meter lang werden konnte. Doch das wissen die beiden nicht, niemand weiß, dass es ihn gab: Das erste Exemplar der Welt haben zwei Kinder, die fossile Muscheln und Krabben suchten, gefunden, vollständig und gut erhalten nach 175 Millionen Jahren.

Das passt allerdings nicht zu den damaligen Überzeugungen, die vom Kreationismus beherrscht werden: Die Welt ist schon immer so gewesen, wie sie heute ist, Gott hat sie vor viertausend Jahren erschaffen, und seine Geschöpfe können weder aussterben noch sich verändern, sonst hieße das ja, der Herr habe da was falsch gemacht. Was wir heute kreuchen und fleuchen sehen, hat es schon immer gegeben und wird es immer geben.

Aber nun finden sich allmählich immer mehr Fossilien und immer weniger Erklärungen. Also räumt man ein, dass diese absonderlichen Kreaturen Versuche waren, Modelle, die Gott auf diese Weise getestet hat, Proben, die dann verworfen wurden. Oder Späße, um sich die freie Zeit zu vertreiben, denn die dürfte, wenn man unsterblich ist, reichlich vorhanden sein.

Wie dem auch sei, wenn die Geschichte unseres Planeten dermaßen bereichert wird, so ist das Marys Verdienst. Ihr Bruder hat diesen undankbaren und gefährlichen Job hingeschmissen, um Tapezierer zu werden, sie dagegen macht weiter, nur mit ihrer Schaufel und in Gesellschaft des kleinen Tray, ihres geliebten schwarz-weißen Hündchens. Einer unschätzbaren Hilfe, denn wenn Mary einen Korb mit Fundstücken gefüllt hat und den nächsten holt, bleibt er vor Ort, um die Stelle genau anzuzeigen, furchtlos und zuverlässig. Zuverlässig zumindest bis zu einer Sturmnacht 1833, als plötzlich die Küste über ihnen abbricht und Mary sich wie durch ein Wunder retten kann. Doch zwei Wunder in einer Nacht sind eins zu viel, also good bye Tray.

Aber vorher haben sie zusammen den ersten Pterosaurus in England entdeckt, den die Welt für einen fliegenden Drachen hält, und wenn man ihn so ansieht, ist er das eigentlich auch. Dann den ersten Plesiosaurus, ein Wesen, das manchen Stimmen zufolge noch lebt und immer mal den Kopf aus dem Wasser von Lochness streckt, und noch viele andere steinerne Wunder.

Im Laufe der Jahre werden die bedeutendsten Professoren der Welt versuchen, Trays Platz einzunehmen. Mary steht tatsächlich mit allen in Verbindung und empfängt regelmäßig Besuch von den Leuchten der Geologie und der Paläontologie des 19. Jahrhunderts. Von Darwins Freund Charles Lyell bis hin zu Louis Agassiz aus Harvard, der den Atlantik überquert, weil er nach einigen Fossilien sucht, die grundlegend für seine Studien über Fische sind, und er weiß, dass Mary die Einzige ist, die ihm helfen kann.

Nur der berühmte Naturforscher Georges Cuvier, eine kolossale internationale Autorität, zweifelt ihre Arbeit an und äußert den Verdacht, das von ihr gefundene, unvollständige Plesiosaurus-Skelett sei eine Fälschung, zusammengesetzt aus den Knochen verschiedener Fossilien. Marys Antwort folgt eine Weile später, ohne Eile und ohne Worte: Sie findet ein zweites, gleichartiges Skelett, das diesmal vollständig ist, und Cuvier nimmt seine Anschuldigungen zurück.

Mehr noch, er lässt sich von Mary zahlreiche Fundstücke schicken, und so kann er, gemütlich von seinem Arbeitszimmer in den Pariser Jardins des Plantes aus, viele Geschöpfe der Vergangenheit beschreiben und ihnen einen

Namen geben, ohne zu schwitzen und sich beim Graben an irgendeinem gottverlassenen Ort schmutzig zu machen. Da ist es doch viel einfacher, diesen Fossilien-Lieferservice in Anspruch zu nehmen, für ihn wie für viele andere Professoren, die Myriaden von Aufsätzen darüber schreiben.

Aber manche sind nicht so faul, sie graben mit Mary zusammen und gewinnen viel mehr. Denn während sie sich an der Küste von Dorset bewegt, beschreibt sie ausgehend von einem Stein oder einer Felsspitze mit schüchternen Gesten und entschiedenen Worten die Geschichte der Welt. Wie selbstverständlich verknüpft sie Daten, bestimmt Wendepunkte und löst Rätsel der Wissenschaft, wie das der seltsamen, rundlichen Formen im Stein, die für die Heilkundigen im Mittelalter ein Mittel gegen jedes Gift waren. Heute nennt man sie Koprolithen, und Mary erklärt, was sie sind, nachdem sie viele davon im Bauch der Kreaturen gesehen hat, die sie in den Felsen findet. Im Klartext: fossile Dinosaurierkacke. Äußerst wertvoll, wenn man sich dafür interessiert, was sie gefressen haben, und für unzählige weitere Details aus ihrem Privatleben.

Diese spektakulären Lektionen hält sie nicht vom Katheder einer Universität aus, und sie publiziert sie auch nicht in wissenschaftlichen Zeitschriften. Die einzigen Zeilen von Mary, die in ihrem Leben veröffentlicht werden, stammen aus dem einen Brief, den sie an ein Journal geschrieben hat. Alles andere sind nur herausgeschnaufte Sätze, während sie sich suchend über einen Felsen beugt oder in dem kleinen Fossilienladen ihres Vaters steht, den sie bis zum Schluss weiterführen wird, ständig um ihr spärliches Auskommen kämpfend.

Und das nur aus einem einfachen, klaren und zugleich absurden Grund: Mary ist eine Frau.

Es war unannehmbar, dass eine Frau über so ernsthafte Themen schrieb. Frauen sind frivol und flatterhaft, bestenfalls können sie Liebesgedichte oder einen romantischen Roman schreiben, aber es fehlt ihnen an der nötigen Ausdauer und am nötigen Ernst, um gründliche wissenschaftliche Forschungen zu betreiben. So dachte man damals. Viele berühmte Gelehrte beanspruchten für sich, Aufschluss über die Natur der Tiere zu geben, der Pflanzen, der Mineralien bis hoch zu den Sternen, tappten aber bedauerlicherweise im Dunkeln, was die Natur des Menschen betraf.

Die Geological Society of London duldete keine Frauen in ihren Reihen, ebenso wenig wie die Casa del Popolo, der Freizeitklub in meinem Dorf, wo man, als man den Billardraum eröffnete, das Schild »Nur für Männer« anbrachte. Aber Signora Stella, die Frau des Schriftführers, kreuzte dort auf, riss das Schild herunter und schlug es ihrem Mann den ganzen Heimweg lang auf den Kopf.

Nach London ist Signora Stella allerdings nie gekommen, und so blieb die Geological Society, wie sie war. Frauen durften sich auf den Tagungen nicht an der Diskussion beteiligen, ja sie durften noch nicht mal als Zuhörerinnen im Publikum sitzen!

Und so fahren alle zu Mary in ihr kleines Dorf am Meer, um ihr zuzuhören, und ihr Laden wird zu einem geheimen Schnäppchenparadies, wo man die von ihr entdeckten Fossilien erwerben kann, um sie sofort für den doppelten oder dreifachen Preis in den aristokratischen Kreisen weiterzuverkaufen, die sie nicht kennt, oder um sie der wissenschaftlichen Welt zu präsentieren und zu erläutern, mit sorgfältigen, akkuraten Beschreibungen, die jedes noch so kleine Detail wiedergeben, außer Marys Namen.

Die ihr Leben lang weiter graben, beschreiben und erläutern wird, stets auf den Felsen kniend, um prähistorische Schätze und das Geld fürs Essen zu beschaffen. Aber das ist in Ordnung, wahre Leidenschaft braucht weder Anerkennung noch Reichtümer, sie hat schon alles in sich, was sie braucht, und wünscht sich nur, immer weiterlaufen zu können, ohne jemals anzuhalten.

Dieser Lauf begann für Mary kurz nach ihrer Geburt, als ein Blitz ihre Seele elektrisierte, und er wird enden, als sie siebenundvierzig ist und ein Brustkrebs sie stoppt.

Zu diesem Zeitpunkt aber, wird ihr Name endlich die Runde machen. Er wird auf den Schildchen in den Museen unter ihren Fundstücken erscheinen, die dort schon seit geraumer Zeit ausgestellt sind. Der Präsident der Geological Society – in die sie nie hineindurfte – widmet ihr einen Nachruf in der Zeitschrift dieser Gelehrtengesellschaft, und die Royal Society wird sie auf die Liste der zehn bedeutendsten englischen Frauen in der Geschichte der Wissenschaft setzen.

Doch das alles erst später, viel später. Denn so sind wir, lieb und nett und äußerst zuvorkommend zu den anderen, wenn diese nicht mehr am Leben sind. Wir sind miserable Freunde und Nachbarn, aber großartige Totengräber.

Das Gleiche erlebt nun auch der Quastenflosser: Solange er vertrocknet und ausgestorben im Stein steckte, wurde er als Meilenstein der Evolution gefeiert. Jetzt, da er nach Millionen Jahren angefangen hat, im Ozean zu planschen und fröhlich gegen den Strom und gegen alles zu schwimmen, was über ihn gesagt und geschrieben worden war, ist er zu unbequem geworden.

Man versucht also, ihn zu ignorieren und behauptet, das vor Südafrika gefangene Exemplar sei ein Unikum, der einzige Quastenflosser, der überlebt hat, einzigartig auf der Welt und ein ziemlich taffer Kerl, denn schließlich hat er diverse Jahrmillionen durchgehalten, um bis zu uns zu kommen. Doch jetzt ist auch er tot, also ausgestorben, wie man es immer schon gesagt hat, und so denken wir nicht länger an ihn.

Aber Professor Smith und Miss Latimer machen da nicht mit. Sie setzen sich mit den kleinen Dörfern an den Küsten des Indischen Ozeans in Verbindung und bieten dem eine Prämie von einhundert Pfund Sterling, der einen weiteren Quastenflosser findet, eine Summe, die ein Fischer damals in einem ganzen Jahr verdiente.

Inzwischen bemüht man sich in Gelehrtenkreisen, ihn totzuschweigen, der Zweite Weltkrieg lenkt die Aufmerksamkeit zusätzlich ab, und mit ein bisschen Geduld kann das Problem mit dem Quastenflosser vergessen werden, ohne noch länger zu nerven.

Doch vierzehn Jahre später taucht vor den Komoren wieder einer auf. Die These vom letzten überlebenden Exemplar ist nicht mehr haltbar, aber auch die vom vorletzten nicht, denn die Einheimischen, die ihn abliefern, wundern sich über so viel Aufmerksamkeit für diesen läppischen Fisch: Sie nennen ihn Kombessa, verwenden seine rauhen Schuppen als Sandpapier und essen ihn manchmal auch, allerdings nur gedörrt, weil sein Fleisch sehr ölig ist, was eine Nacht auf der Toilette nach sich zieht.

Kurz, die berühmtesten Gelehrten debattierten in Universitäten, Akademien und in den renommiertesten Zeitschriften der Welt noch darüber, ob es den Quastenflosser überhaupt gab, während die indigenen Bewohner der Komoren sogar schon seine abführenden Eigenschaften kannten.

Und nur das verhindert, dass der Quastenflosser und seine Entdecker in Vergessenheit geraten. Professor Smith kann ihm schließlich den wissenschaftlichen Namen *Latimeria* geben, zu Ehren seiner Freundin Marjorie, der Miss Latimer, die ihn damals gerufen hat, damit er diesen seltsamen Fisch untersucht. Wenn er stattdessen, weil Weihnachten vor der Tür stand, lieber für das Festessen eingekauft hätte, oder die Fischer den Fisch womöglich ins Meer zurückgeworfen oder ihn als Köder zerschnitten hätten, würde der Quastenflosser vielleicht heute noch inkognito durch die Gegend schwimmen und uns in der Sicherheit wiegen, dass diese Dinosaurierart nicht mehr im Ozean herumplanschen kann.

Mehr noch, nicht eine Art, sondern zwei. Denn 1997 schießt ein amerikanisches Paar in den Flitterwochen auf der indonesischen Insel Sulawesi überall Photos, um sie dann Freunden und Verwandten zu zeigen und – dank des Internets – auch einer ganzen Welt von Unbekannten.

Zu denen gehört auch ein Meeresbiologe, der unter den tausend sinnlosen Aufnahmen von Abendessen und Sonnenuntergängen und den zweien, die sich küssen, ein Bild von einem Straßenmarkt entdeckt, auf dem er zwischen den angebotenen Fischen einen weiteren Quastenflosser erkennt.

Aber der ist nicht blau, der ist braun, der ist anders. Und so entdeckt ein frisch verheiratetes Paar gegen Ende des 20. Jahrhunderts zufällig den *Latimeria menadoensis*. Keiner wusste, dass es ihn gab, aber er lag da gemütlich auf dem Fischmarkt.

Absurd, ja, aber unvermeidlich, wenn man immer noch auf diese Weise forscht, indem man also Aufsätze, dicke Bücher und Vorträge über das Meer und das Leben in ihm anhäuft, ohne den Menschen Beachtung zu schenken, die wirklich mit dem Meer leben, die ein praktisches, unmittelbares, fundiertes Wissen von ihm haben. Die, während irgendein Professor auf einer Tagung in irgendeiner Aula debattiert, einen merkwürdigen Fisch finden, ihn essen, die Nacht auf dem Klo verbringen, fluchen und etwas lernen.

Und so können wir vielleicht von Glück reden, dass Mary Anning nicht in den Akademien und in den wissenschaftlichen Gesellschaften verkehren durfte. Dass sie ihr Leben lang mit Händen und Knien auf den klatschnassen, salzigen Klippen geblieben ist, assistiert von einem kleinen Hund, unter vom Meer heranpeitschenden Wogen und Blitzen, die vom Himmel krachten. Und die sie jeden Augenblick daran erinnerten, wo wir sind, wie winzig wir sind inmitten dieser riesengroßen Kraft und verwirrenden Vielfalt und wie kurz unser Weg im Vergleich zum Horizont ringsumher ist.

Manchmal schauen wir einen Augenblick auf, und uns schwirrt der Kopf, weil wir es ahnen. Und wie der Quastenflosser befinden auch wir uns an einem Scheideweg: Entweder wir kehren sofort mit gesenktem Blick um und sagen, das ist verrückt, das ist unmöglich, das gibt es nicht. Oder wir klammern uns nicht mehr an unsere Gewissheiten, umarmen dieses verwirrende Wunder und lassen uns treiben, wohin es will, unmöglich, verrückt, lebendig.

7

Ein Autobus auf dem Meeresgrund

So ist es Mary Anning ergangen und auch dem Bischof Pontoppidan. Das ist normal. Wenn du dich entschließt, auf den Regenbogen zu springen, sieht dich das große Grau ringsumher scheel an. Doch wir müssen ihretwegen nicht traurig sein, und das aus mindestens vier Gründen nicht.

Erstens, weil wir nie traurig sein sollten.

Zweitens, weil sie ein erfülltes, intensives Leben hatten, und wenn das Leben ein Geschenk des Himmels ist, haben sie es ganz ausgekostet, nicht so, wie wenn man dir einen dieser schrecklichen Pullover schenkt, den du für immer im dunklen Schrank vergammeln lässt, oder noch schlimmer, den du weiterverschenkst, so dass du deine Seele besudelst, weil du Hässlichkeit in der Welt verbreitest.

Drittens, weil Mary trotzdem von vielen berühmten Professoren hoch angesehen wurde und die Ehrungen und Huldigungen seit ihrem Tod bis heute schon nicht mehr zu zählen sind, während Bischof Pontoppidan ja eben ein Bischof war, so dass ein paar Gelehrte wohl über ihn gelacht haben werden, doch wenn er durch die Straßen ging, nahmen die Leute ihren Hut ab und küssten ihm den Ring, und außer den Berichten über den Kraken und die Sirenen hat er auch einen Katechismus geschrieben, der zwei Jahrhunderte lang als Leitfaden für die katholische Moral Skandinaviens diente.

Aber es gibt vor allem noch einen vierten Grund: Wenn wir schon wegen dieser beiden Menschen traurig sind, müssen wir nun, bei der Geschichte von Pierre Denys de Montfort, vollkommen in Tränen zerfließen.

Sein Name ist niemandem ein Begriff, weil der Zug der Wissenschaft ihn in voller Fahrt abgeworfen hat und der Karren der Geschichte, der langsam hinter ihm her rumpelt, nicht angehalten hat, um ihn aufzulesen. Also ist Montfort dort liegen geblieben, verloren gegangen zusammen mit seinen Studien, und schon wenige Jahre nach seinem Tod liquidiert ihn ein anderer französischer Naturforscher endgültig, als er seine Vorgänger Revue passieren lässt, mit einer halben Zeile als einen »seltsamen Kauz«.

Aber was soll das heißen, »ein seltsamer Kauz«, ist es ein Problem, wenn man seltsam ist? Ist das ein Verbrechen?

Als ich sechs oder sieben Jahre alt war, rief die Nonne, die uns den Katechismus lehrte, an einem Samstag bei meiner Mutter an, weil es ein Problem mit mir gab. Atemlos hastete meine Mutter zum Kloster, aber das Problem bestand nach Ansicht der Nonne darin, dass »das Kind seltsam ist«. In dem, was ich sagte, in dem, was ich tat, und seltsam sogar in der Art, wie ich mich bewegte.

Da regte sich meine Mutter ziemlich auf. Nicht über mich, sondern über die Nonne. Die sie an ihrem freien Samstagnachmittag herbeizitiert hatte, als sie ins Kino wollte. An dem Tag lief *Nacht der Vampire*, und die Nonne hatte dafür gesorgt, dass sie diesen Film verpasste, nur um ihr diesen Riesenschwachsinn zu erzählen.

Abends beim Essen fragte ich sie, was Mutter Melania von ihr gewollt hatte, und meine Mutter:

»Überhaupt nichts.«

»Wieso denn überhaupt nichts, du hast doch gesagt, sie hat gesagt, es gibt ein Problem.«

»Oh ja, das gibt es. Das Problem ist, dass Mutter Melania bescheuert ist.«

»Aha. Sie hat dich hinkommen lassen, weil sie dir sagen wollte, dass sie bescheuert ist?«

»Genau. Das war ihr wichtig. Sie hat gesagt: ›Signora, hören Sie, ich muss Ihnen was sagen, ich bin bescheuert, ja sogar so richtig dämlich.‹«

»Und was hast du gesagt, Mama?«

»Dass ich das schon wusste, man muss nicht erst ins Kloster gehen, um das rauszukriegen. Und dass ich mir eigentlich lieber *Nacht der Vampire* ansehen wollte.«

»Au ja! Nimmst du mich mit, Mama? Darf ich? Dürfen wir?«

»Wir dürfen das nicht nur, Fabio, wir müssen das sogar!«

»Yippie! Ich freu mich so!«

»Gut so, bravo, das will ich hören. Und nicht Mutter Melanias Blödsinn. Ich will hören, dass du glücklich bist. Und wenn du außerdem ein bisschen seltsam bist, ist das okay.«

»Aber ich bin nicht seltsam! Ich ...«

»Doch, doch, ein bisschen schon, Fabio. Aber das ist normal. Wir alle auf der Welt sind seltsam, aber wir haben die

Wahl: Entweder tun wir unser Leben lang so, als wären wir normal und korrekt und sind dann seltsam und traurig, oder wir tun, was wir wollen, und sind dann seltsam und glücklich. Und darum ist es nicht seltsam, wenn du seltsam bist. Hauptsache, du bist glücklich.«

Und glücklich war unser Montfort, wie ein Kind nur sein kann, das das Meer liebt und das Glück hatte, an der Küste geboren zu sein. Am Atlantischen Ozean, in Dunkerque, in Frankreich, 1766, wenige Jahre nach dem Erscheinen des Buches von Pontoppidan.

Er verbrachte die Tage am Strand, der stets lebendigen, umspülten Grenze zwischen Landbewohnern und Wasserlebewesen. Dem einzigen Streifen der Welt, wo sie sich wirklich begegnen können, und so waren Krabben, Muscheln und Einsiedlerkrebse Monforts Freunde, und um bei ihnen zu bleiben, wurde er Malakologe, ein Spezialist für Weichtiere.

Nur dass der offizielle Studienweg merkwürdig verläuft: Um vorwärtszukommen und eine anerkannte Autorität in der Meeresforschung zu werden, muss Montfort die Küste verlassen, nach Paris ziehen und sich in den Mauern und unter den prächtigen Decken der Universität einschließen. Als müsste ein Bergsteiger, um noch besser zu werden, die Berge verlassen und in die Poebene ziehen.

Aber Pierre bringt eine Leidenschaft mit, die ihm erhalten bleibt wie der Salzgeschmack auf seiner Haut, er liest so viele Bücher aus unzähligen Ländern der Welt, dass er wie nebenbei eine Menge Fremdsprachen lernt und in den akademischen Kreisen von Paris sofort als eines der vielversprechendsten jungen Talente hervorsticht. Das Einzige, was ihm fehlt, um als Meister seines Fachs anerkannt zu werden, ist eine prestigeträchtige Publikation.

Er muss nicht lange auf seine große Chance warten. Eine riesengroße sogar. Wie wenn einer morgens auf den Bus wartet und an der Haltestelle stattdessen eine Concorde landet, um ihn abzuholen. Denn Monfort wird von Charles-Nicolas-Sigisbert Sonnini de Manoncourt herbeigerufen, dessen langer Name unbedingt darauf hindeutet, dass er ein bedeutender Mann ist, und erhält von ihm den Auftrag, die Arbeit eines noch bedeutenderen Mannes fortzusetzen, nämlich die von Georges-Louis Leclerc Comte de Buffon, einem Naturforscher und Kosmologen höchsten Ranges. Buffon ist der Autor der *Allgemeinen Historie der Natur nach allen ihren besonderen Theilen*, gegliedert in sechsunddreißig Bände, mit dem Plan, auf Tausenden Seiten die gesamte Natur des Planeten zu erfassen und zu beschreiben.

Das Problem mit den Plänen ist allerdings, dass immer etwas passiert, was im Plan nicht vorgesehen ist. Im Fall von Buffon war es sein Ableben vor der Fertigstellung seines Werkes. Und während der Comte nun dazu übergeht, die Pflanzen und Tiere des Jenseits zu erforschen, ruhen die Herausforderung und die Ehre, sein Werk fortzuführen, jetzt auf den jungen Schultern Montforts, der einen ganzen Band ausschließlich über Muscheln und Mollusken zusammenstellen soll.

Also verabschiedet er sich von Freunden, Verwandten und der ganzen Welt und stürzt sich in monatelange, besessene Forschungen und Studien für eine Arbeit, von der alle erwarten, dass sie sorgfältig und präzise ist, streng und selektiv, wie seine Epoche es vorschreibt. Denn im Zeitalter der Aufklärung werden Meinungen der Vergangenheit als Dummheiten, Märchen und Legenden angesehen, die wie alte Geister im unerbittlichen Licht der Vernunft vertrieben werden müssen.

Aber so geht es im Leben oft, du suchst etwas so angestrengt, dass du am Ende etwas anderes findest.

Beim vielen Herumwühlen zwischen vergessenen Büchern und Heften, Journalen, Karten und Schriftstücken in den hintersten Regalen von Bibliotheken und Archiven stößt Monfort auf einen nur wenige Seiten umfassenden Bericht, den Doktor Swediaur aufgezeichnet hat und in dem der Kapitän eines Walfängers, »und zwar ein sehr verständiger und wahrheitsliebender Mann«, erzählt, dass er einen Pottwal an Bord seines Schiffes gezogen hat, in dessen Kehle sich eine weißliche, rätselhafte »fleischige Substanz« befand. Nachdem die Besatzung sie aus dem großen Rachen gerissen und auf dem Deck ausgebreitet hat, stand sie vor einem riesigen Tentakel. Vielmehr nur vor einem zerkauten und verschlungenen Teil davon, der aber mehr als acht Meter lang war.

Acht Meter! Ein Tentakel von acht Metern Länge! Montfort stoppt mit dem Finger auf der Seite, während er versucht, sich das Wesen vorzustellen, das einen solchen Tentakel bewegen und benutzen kann, zusammen mit wer weiß wie vielen anderen. Doch dann schüttelt er den Kopf, und zwar energisch, um nicht mehr daran zu denken und weiterzumachen, ohne diesen Bericht noch länger zu beachten, der nur ein Märchen ist, Seemannsgarn.

Aber je mehr er ihn wegschiebt, umso öfter kehrt er wieder, in den Erzählungen von anderen, sehr ähnlichen Sichtungen, mit der präzisen Angabe von Personen, Orten und Zeiten, ganze Schiffsmannschaften bestätigen die Existenz dieser Riesententakel und Saugnäpfe, die sie bedecken, und schnabelförmiger Mäuler, die einen Menschen verschlingen können, und ... und der junge Wissenschaftler kann das nicht glauben.

Ja, er *darf* das nicht glauben. Hätte er diese Wunderwesen zur Untersuchung und Vermessung vor sich, ja dann, aber das hier sind nur Geschichten, und Geschichten sind Musik aus einer verschrobenen, leichtgläubigen Vergangenheit. Und doch setzen sie sich in seinem Kopf fest wie manch alberner Song, den wir mit halbem Ohr im Radio hören, und sind nicht mehr zu vertreiben. Sie packen ihn und fangen an, den Tanz seiner Tage und Nächte zu verändern, bis sie ihn schließlich für immer mit sich fort nehmen.

Montfort klappt seine Bücher zu, sagt Paris Lebewohl und kehrt auf schnellstem Weg nach Hause zurück, nach Dunkerque, in dessen Hafen die amerikanischen Walfänger festmachen. Leute aus Nantucket und von jenen rauhen, abenteuerlichen Küsten: Er stürzt mit einem Sturm von Fragen zu ihnen und erntet einen überwältigenden Orkan von Antworten.

Denn die Geschichte vom Riesententakel im Maul eines Wals hören sich diese Leute müde gähnend an. Ist doch nichts Besonderes, und Kapitän Benjohnson erzählt ihm sogar, er habe einen herausgefischt, der über zehn Meter lang war, mit einer Doppelreihe von Saugnäpfen so groß wie Sonnenhüte. Reynolds bestätigt das und setzt noch einen drauf: Als er gerade einen Wal harpunierte, entdeckte er im

Wasser ringsumher etwas Dunkles, das im ersten Moment wie eine riesige Seeschlange aussah. Sie zogen es mühsam hoch, und auch das war ein Tentakel, von reichlich vierzehn Metern Länge. Sie haben nur ein kleines Stück davon als Köder und zum Essen behalten und den Rest ins Meer zurückgeworfen, doch das haben sie bereut, weil er wirklich köstlich war.

Montfort hört zu, nickt, hält den Atem an. Und rechnet aus, dass der Besitzer so riesiger Arme über zwanzig Meter lang sein muss, ein Wesen, so gigantisch und wunderbar wie das Gefühl, das ihn ergreift, als er den von Salz und Erfahrung gegerbten Stimmen der Seemänner lauscht.

Trotzdem bemüht er sich noch immer, Widerstand zu leisten. Das nicht zu glauben. In seinen Forschungen haben Gefühle nichts zu suchen, im Gegenteil, sie sind die Feinde strikter Genauigkeit und Disziplin. Also kratzt er einen letzten Rest Skepsis zusammen und fragt die Seemänner, warum sie diese spektakulären Funde denn nie den Gelehrten gezeigt und ihnen von diesen Begegnungen erzählt hätten. Doch sie lächeln nur und erklären, dass dieses Zeug nach ein paar Stunden an Deck zu einem weißlichen Gelee wird, man läuft Gefahr, für verrückt gehalten zu werden, für einen, der Gespenster sieht, und kriegt keine Arbeit mehr. Aber vor allem ist nie einer gekommen, um sie irgendwas zu fragen.

Zumindest niemand vor Montfort. Der nicht mehr weiß, was er sagen oder tun soll. Er muss vor der hypnotischen Kraft ihrer Worte fliehen, vor den unzähligen Riespototentakeln, die sich in sein Hirn schlängeln. Also verschwindet er aus Dunkerque nach Saint-Malo mit seinen kilometerlangen

Stränden, die bei Ebbe die verschiedensten Muschelarten zum Vorschein bringen. Darauf muss er sich konzentrieren, auf diese ebenso wunderbaren, aber kleinen Kreaturen, die man in die Hand nehmen, umschließen und in seiner Arbeit genauestens beschreiben kann. Und vielleicht steigt er deshalb vom Ufer bis zur Kapelle des heiligen Thomas hinauf und betet zu dem Heiligen, der nur an das glaubte, was er mit eigenen Augen sah.

Doch auch der heilige Thomas musste schließlich glauben, als Jesus ihn die Wundmale von den Nägeln an seinen Händen und von der Lanze an seiner Seite berühren ließ. Und das passiert auch Montfort, dort in der Kapelle.

Die voller Votivgaben ist, voller Bilder und Zeichnungen, gespendet von einheimischen Seeleuten, die dank ihres Schutzheiligen irgendeiner großen Gefahr auf dem Meer entkamen: Kaum wieder an Land, griffen sie sich den erstbesten Schildermaler, erzählten ihm, wie sie mit knapper Not dem Tod entronnen waren, er malte diese Geschichte samt dem rettenden Eingreifen des Heiligen oder der Jungfrau Maria strahlend in der Höhe, und dann schenkten sie das Bild der Kapelle. An dem bewussten Tag gibt es dort mehr als zweitausend Bilder, einige an den Wänden, aber die meisten zu Stapeln der Andacht übereinandergeschichtet. Und der kniende Montfort, der versucht, sich den Geschichten von Riesententakeln und Seeungeheuern zu entziehen, schaut auf und stellt fest, dass er mitten in sie hineingesprungen ist.

Denn unmittelbar vor ihm hängt, mit den Danksagungen der erschütterten Mannschaft, eine Abbildung der schrecklichsten Gefahr, der die Seeleute des Ortes entgangen sind.

Ihr Schiff ankerte vor Angola, reglos, ohne irgendwem etwas zuleide zu tun, beladen mit Gold, Elfenbein und Einheimischen, die als Sklaven nach Amerika verkauft werden sollten. Als sich plötzlich »ein Seeungeheuer von fürchterlicher Größe aus den Fluthen erhob, diese hoch empor und über das Verdeck hinweg schwellte, sich dann an das Schiff anhängte und zwei Taue und Masten bis in die Spitzen mit entsetzlich langen und biegsamen Armen umschlang«.

Genau das zeigt das Votivbild in der Kapelle: Das Schiff in Schräglage, das in der Umklammerung von riesigen Tentakeln, die sich um die drei Masten schlängeln, zu zerbersten droht, und dazu den dunklen, schrecklichen Körper eines gigantischen Polypen mit zwei runden, weit aufgerissenen Augen.

Diese Augen starren unseren Montfort, dort auf den Knien in der Kapelle, direkt an. Das gleiche Tier, das in den Logbüchern der Walfänger und in den Erzählungen der Seefahrer vorkommt, umfängt jetzt unweigerlich auch ihn, der gekommen ist, um für etwas Ungläubigkeit zu beten.

Stattdessen entdeckt er, dass dieses riesige Tier nicht nur existiert, sondern auch auf allen Breitengraden anzutreffen ist, dort oben im Norden und ebenso in den südlichen Meeren. Und ein Bekannter, der sich so gut mit dieser Gegend auskennt, dass er einen *Voyage en Afrique* geschrieben hat, bestätigt ihm, dass die Küstenbewohner Guineas große Angst vor diesem Wesen haben. Für sie ist es ein Teufel, ein böser Geist, sie nennen es Ambazombi, Boshafter Fisch oder Zauberer, und es greift sie häufig an, wenn sie mit ihren Einbäumen hinausrudern. Ein Spritzer, ein kurzer Augenblick, und es gibt sie nicht mehr.

Montfort ist überwältigt von den unzähligen Augenzeugenberichten, deren Orte und Protagonisten wechseln, die ihm aber alle dieselbe, nunmehr unleugbare Wahrheit sagen, so dass für ihn »die Sache selbst ausgemacht ist und so kann auch dies Gemälde zur Bestätigung derselben dienen, ... Denn möchten die Naturforscher doch so glücklich seyn, alles, was sie in ihren Werken aufzeichnen, durch fünfzig Augenzeugen bestätigen zu können.«

Er kehrt nach Paris zurück, schließt sich zu Hause ein und schreibt eifrig an dem vortrefflichen Werk des Comte de Buffon weiter, seine große Chance, schnurstracks die oberste Sprosse des akademischen Ruhms zu erklimmen. Er gibt dieser Fortsetzung den Titel *Allgemeine und besondere Naturgeschichte der Weichwürmer* und wird darin mit Sorgfalt und unübertroffener Präzision alle existierenden Mollusken beschreiben, von den lederhäutigen bis zu den geringelten, von den gallertartigen bis zu den bepanzerten und den gehörnten.

Doch jetzt ist er gefangen in den Armen dieses Wundertiers, das unendlich viel größer ist als jede nur mögliche Karriere. Und nachdem er Muscheln, Krabben und noch anderes friedliches Leben an der Küste genauestens beschrieben hat und nachdem er drei Arten von Tintenfischen und elf Kalmare unterschieden hat, schreibt er schließlich, dass es auch drei Arten von Polypen auf der Welt gibt, nämlich den allseits bekannten gemeinen Polyp und zwei weitere, den Riesenpolyp und den Krakenpolyp, »die größten Thiere, die existieren. ... Keins von allen bekannten Wesen kann uns hierbei zum Gegenstand der Vergleichung dienen, denn so viel die Elephanten kleiner sind als die Walfische, so viel stehn diese wieder den ungeheuren Polypen nach, von denen wir jetzt reden werden.«

Ihm haben nämlich alle Seeleute und Fischer vom Cornet erzählt, wie sie sowohl den Tintenfisch als auch den Kalmar nennen, und dabei eine Redensart zitiert: »Der Cornet ist das kleinste und größte Meerthier«, aber Montfort besteht darauf, dass es sich um einen Polypen handelt, wie den, der ihn an jenem Nachmittag vom Bild in der Kapelle des heiligen Thomas anschaute und der ihn unverwandt anstarren wird bis zum Ende.

In den letzten Kapiteln des Buches erläutert Montfort, dass der Krakenpolyp im Norden lebt und eher sanftmütig ist, und wenn er mal einen Schiffsuntergang verursacht, so tut er das aus Versehen, weil er seiner Wege zieht, ohne auf die Schiffe da oben zu achten. Der Riesenpolyp hingegen bewohnt die südlichen Meere und hat eine deutliche »Neigung zu Zerstörung und zum Morden«. Denn »sicher kommen ihm jene Angriffe auf die Schiffe zu, die man so lange zu den Erdichtungen zählte, bis endlich mehrere solcher Ungeheuer nach einander in verschiedenen Zeitpunkten ihr Daseyn durch irgend einen traurigen Vorfall bewiesen«.

So schreibt es der junge Forscher und hält auf vielen Seiten daran fest. Das Publikum erwartete die Fortsetzung eines Werkes, das ein Monument im nüchternen Licht der Vernunft war, gestützt auf Fakten, Messungen und wissenschaftliche Strenge, doch er erzählt von Ungeheuern, die Schiffe umwerfen, Besatzungen verschlingen und sich nachts aufs Land vorwagen, um Lager mit gepökelten Sardellen zu plündern.

Angetrieben wird Montfort ganz klar von den Tentakeln

des Riesenkalmars, und vielleicht übertreiben die es auch ein bisschen. Aber er kann nicht widerstehen. Kann sich nicht beherrschen, sich nicht zügeln, in ihm brodelt zu viel Leidenschaft. Die Leidenschaft ist wie der Wind auf dem Meer, der dich antreibt und reisen lässt, aber wenn der Wind wirklich stark ist, bestimmst garantiert nicht du, wohin die Reise geht, er trägt dich, wohin er will.

Und so fährt Montfort zur See, braust dahin, stürmt vorwärts, wobei er jede Vorsicht und jede Verhältnismäßigkeit aus den Augen verliert, und mit der Begeisterung, die ihm die Brust weitet, hebt er ab und fliegt, fliegt, fliegt. Und stürzt damit in seinen Ruin.

Denn wenn heute ein Forscher auf einer Tagung zum Mikrophon greift und verkündet, dass in unseren Meeren zwei riesige Kopffüßer leben, und er den einen Riesenkalmar nennt und den anderen Kolosskalmar, dann antworten seine Kollegen angesichts dieser Binsenwahrheit mit einem allgemeinen Gähnen. So wie an dem Abend, als meine Cousine angelaufen kam, um zu berichten, dass Onkel Aldo im Garten liege und vielleicht tot sei, und meine Mutter daraufhin gelangweilt: »Na ja, er war beim Treffen der Gebirgsjäger, logisch, dass er vielleicht tot ist.«

Montfort bestätigt also die Sache mit den riesigen Kopffüßern, die heute selbstverständlich ist, tut das allerdings Anfang des 19. Jahrhunderts, und das ist für ihn das Ende.

Er wusste, dass er etwas Wichtiges und Neues geschrieben hatte, das die Leserschaft in die spalten könnte, die ihm glaubten, und die, die es nicht taten. Stattdessen spaltet sich die akademische Welt in die, die sich entrüsten, und die, die über ihn lachen.

Montfort könnte umkehren, seine Positionen abmildern, die letzten Kapitel eines Werkes zurückziehen, das ansonsten unangreifbar und wertvoll ist. Aber er denkt gar nicht daran, ist sich seiner Sache absolut sicher, hört auf sein Herz. Und zugleich erhält er Bestätigung durch einen aufsehenerregenden Vorfall in Ostindien.

Dort haben die Engländer die Franzosen in einer Seeschlacht besiegt und sechs Schiffe erbeutet, darunter die *Ville de Paris* mit ihren vielen Kanonen. Sie lassen sie zurück, bewacht von vier Schiffen der britischen Flotte. Aber nichts und niemand kann sie alle vor dem bewahren, was in derselben Nacht auf dem dunklen Meer geschieht. Wo die *Ville de Paris* anfängt, Notschüsse abzugeben und Feuer zu entzünden, um Gefahr zu signalisieren, und die anderen Schiffe herbeieilen, aber im Nu dasselbe Ende nehmen: zehn Schiffe sinken, zehn Mannschaften verschwinden in den dunklen Strudeln des Ozeans.

Ein Drama, eine Tragödie, doch ein Triumph für Montfort. Er konnte mit Inglefields sprechen, dem Einzigen, der sich zusammen mit einem Schiffsjungen retten konnte, zwar auch nicht weiß, was sie versenkt hat, aber beteuert, dass es keine Wasserhosen, keine tückischen Strömungen oder Wirbel gegeben hat. Und so kann dieses Massaker ohne jede Erklärung für Montfort nur die eine Erklärung haben: Es war der Angriff eines, oder mehrerer, Riesenpolypen, der die Schiffe gepackt und in die Tiefe gerissen hat.

Natürlich ist das so, und das verkündet er in den Sälen der Akademien, in den Salons namhafter Persönlichkeiten und sogar in den Zeitungen. Das ist in aller Munde, und manch einer glaubt ihm auch, doch dann kommt die frostige Mitteilung der britischen Marine: Man wisse genauestens Bescheid über das Vorgefallene, mit den üblichen Militärmanövern lasse es sich zwar nicht erklären, aber schuld sei nur ein Unfall gewesen. Adieu Schiffe, adieu Mysterium, adieu Riesenpolyp.

Und adieu Montfort. Der zunächst zum Gespött der Gelehrten wurde und jetzt zum Gespött der ganzen Stadt. Er hat keine Anhänger mehr, keine Freunde, ja nicht einmal mehr seine Aufgabe, die Fortsetzung von Buffons Werk, die man jetzt weniger exzentrischen Kollegen übertragen hat.

Er zieht durch die Straßen von Paris, und ringsumher nur Leute, die mit dem Finger auf ihn zeigen, mit den Armen fuchteln wie mit den Tentakeln des Geschöpfes, das ihn mit sich in den Wahn gerissen hat, und lachend weitergehen. Und so geht nun auch er.

Er flieht aus Paris, möchte zurück nach Hause, zum Ozean, aber das Meer bringt ihm nur düstere Gedanken, also verkriecht er sich irgendwo auf dem Land. Er widmet sich den Bienen, schreibt sogar ein Handbuch, in dem er darlegt, dass die Bienenzucht Freude und große Gewinne verspricht. Aber bei ihm funktioniert das offensichtlich nicht, denn er wird immer ärmer und immer einsamer. Und das wird er bis zum Ende seiner Geschichte bleiben, bis zum letzten seiner Tage auf dem dürren, rauhen, erbarmungslosen Festland.

Manch einer mag jetzt denken, das sei das traurigste Ende im Universum, aber von wegen. Denn es ist zwar sehr traurig, aber es ist nicht das Ende. Es fehlt noch ein Stückchen, ein schlimmes.

Man hört also nichts mehr von ihm und auch nichts von seinen Schriften. Dann steht eines Tages ein anderer, jüngerer Malakologe, Professor Deshayes, in einem Pariser Geschäft, das fossile Weichtierschalen verkauft, und sucht nach Stücken für seine Sammlung. Die Tür geht auf, und ein Kerl »von erbärmlicher Erscheinung« kommt herein. Mit struppigem Bart, zerrissenen Hosen und einer Jacke voller Flicken. Aus diesen Lumpen zieht er einen alten Leinenbeutel hervor und leert ihn auf dem Verkaufstisch vor dem Ladenbesitzer aus.

»Ich bringe Ihnen Ihre Muscheln zurück«, sagt er leise.

Der Besitzer zählt sie, gibt ihm ein paar Münzen, der zerlumpte Mann murmelt ein Danke, faltet den Beutel zusammen und geht.

Voller Neugier fragt der junge Professor, wer das gewesen sei, und staunt nicht schlecht, als der Ladenbesitzer ihm sagt, was wir schon längst begriffen haben:

»Das ist Pierre Denys de Montfort.«

Er ist so heruntergekommen, dass er Weichtierschalen für die Geschäfte klassifiziert, im Tausch gegen ein bisschen Geld für Brot und Schnaps.

Der klar wie Wasser ist, aber in der Kehle und beim Atmen brennt. Und die Kälte vertreibt. Bei ihm zu Hause gab es jede Menge davon, in seiner feuchten Dachstube mit nur einem Möbelstück: einem großen, aus der Straße gerissenen Stein, den er tagsüber als Stuhl benutzte und nachts, um sein Bett darauf zu legen, das heißt die Tür, die er jeden Abend aus den Angeln hob, um darauf zu schlafen.

Und so machte er immer weiter, wer weiß wie lange, stets allein mit dem Schnaps, der ihm die Gedanken und die Träume vernebelte, bis zur letzten Nacht, als man ihn fand, doch da lag er auf der Straße.

Dort starb Pierre Denys de Montfort vor Hunger und Elend 1820 oder 1821, die Geschichte hat sich nicht die Mühe gemacht, das genaue Datum zu vermerken.

Etwas Wichtigeres steht aber fest: dass Montfort in der Nacht, als er begann, auf der Tür zu schlafen wie auf einem fliegenden Teppich, in Richtung Ozean glitt, wo die Tentakel seines Riesenpolypen ihn erwarteten, ihn weich und stark umfingen, und die beiden zu tanzen begannen.

Nach welcher Musik, weiß ich nicht, aber anderthalb Jahrhunderte später entstand ein Song, der meiner Meinung nach perfekt zu den beiden passt. Geschrieben haben ihn *The Smiths*, er heißt *There Is a Light That Never Goes Out*, und es vergeht kein Tag, an dem ich ihn nicht höre, und als ich auf dem Gymnasium war, hat er mir an zwei oder drei Abenden sogar wirklich das Leben gerettet. Denn so läuft es immer, nie sind es Härte, Unverfrorenheit, Ruppigkeit oder andere blöde Kraftprotzereien: In Wahrheit rettet dich nur Schönheit.

In diesem wunderbaren Song geht es um zwei Teenager in einem Auto draußen in der Nacht, zu Hause fehlt ihnen die Luft zum Atmen, sie wollen frei sein und die Lichter sehen und die sich drehende Welt. Dann schaut einer den anderen an und denkt das Umwerfendste, was die Liebe je gedacht hat:

> *And if a double-decker bus*
> *Crashes into us*
> *To die by your side*
> *Is such a heavenly way to die.*

So heißt es im Refrain, und ich glaube, Montfort und sein Riesenpolyp tanzen noch immer nach den Noten dieses Wunderwerks, in ihrer anderen Welt auf dem Grund des Meeres.

Wo es keine Luft gibt, Montfort aber leichter atmen kann als hier an Land bei Leuten, die dich schief ansehen, wenn du einen seltsamen Eindruck machst und seltsame Sachen sagst. Wo man dich meidet, wenn deine Kleidung alt und zusammengeflickt ist, man dich aber bewundert, wenn du teure Klamotten und Goldschmuck und Diamanten trägst, Glitzersteinchen vom anderen Ende der Welt, die durch Gemetzel und Sklaverei geraubt wurden.

Also, wenn das das Leben auf dem Festland ist, sollte man wirklich besser in den Tiefen des Meeres verschwinden. Wo Montfort lächelnd im Arm des Kalmars tanzt und wo auch der Kalmar lächelt und ihn umfängt. Aber eigentlich ist der Kalmar diesmal richtig sauer.

Er ist zu groß, um die Seine hinaufzuschwimmen und seine verheerenden Tentakel in den Boulevards von Paris auszubreiten. Er ist auch zu groß, um in Eile zu sein. Doch schon bald wird er tatsächlich seine ganze Wut an ihnen auslassen, aber nicht jetzt. Jetzt tanzen der Kalmar und Montfort sanft miteinander. Frei, leicht, glücklich in einer lebendigen und fernen Welt, fernab von unserer.

Und wenn uns ein Bus überfährt oder wenn uns einer dieser großen Trucks voll erwischt, ist an deiner Seite zu sterben, die wunderbarste Art zu sterben.

8

Eine ganze Flut von Kalmaren

Oktober 1873, ein warmer, ruhiger Morgen in Portugal Cove.
Warm jedenfalls für die Insel Neufundland, oben vor der
kanadischen Küste. Und ruhig, wenn wir hier mit dem Boot
Halt machen, das über das glitzernde Meer gleitet wie eine
Schnecke über ein Blatt Alufolie, und nicht sehen, was
gleich passieren wird.

Denn da vorn treibt etwas auf dem Wasser: ein altes Segel, Wrackteile, ein Knäuel von der Brandung abgerissener
Netze? Das Boot fährt näher heran, um nachzuschauen,
aber als man dort ankommt, ist man auch nicht schlauer.
Es ist etwas Großes, etwas Weiches und Dunkles, ein Ruder
wird vorgestreckt, um es anzutippen, und ...

... und jetzt geht die Geschichte, je nachdem, wer sie
erzählt, in drei verschiedenen Versionen weiter.

In der ersten sitzt nur ein Mann im Boot, ein Fischer namens Theophilus Piccot. In der zweiten ist sein Freund und
Kollege Daniel Squires mit von der Partie. In der dritten,
aber, ist heute auch Tommy dabei, Piccots zwölfjähriger

Sohn. Und diese letzte Version ist die richtige, oder jedenfalls die schönste, und darum nehmen wir die. Denn so können wir die barschen Worte der zwei erfahrenen Seemänner hören, die den Jungen mit der ruppigen Überlegenheit derer behandeln, die sich mit dem Meer und seinen Gefahren auskennen und dem Grünschnabel bei jedem Ruderschlag seine Ahnungslosigkeit um die Ohren hauen.

Das ist die klassische Methode, einen Lehrling an die praktische Arbeit heranzuführen: Wenn du was lernen willst, musst du erst mal gründlich einsehen, dass du ein Vollidiot bist und überhaupt nichts kannst.

Ich hatte viele Onkel, fast alle waren Gärtner, und alle behandelten mich auf diese Art. Ein bisschen wie der Zen-Meister den Schüler, der zu ihm kommt; der Meister gießt ihm eine Tasse Tee ein und versucht dann, noch mehr nachzuschenken, aber das kann er nicht, weil die Tasse voll ist, und so sagt er ihm, dass er ihn auf diese Weise auch nichts lehren kann, weil sein Geist schon angefüllt mit Ideen und Überzeugungen ist. Nur dass man im Zen die Entleerung des Geistes durch Meditation und Entfernung des Überflüssigen erreicht, während meine Onkel Beschimpfungen, Flüche und Kopfnüsse bevorzugten. So viele, dass ich nach einem Arbeitssommer mit ihnen sogar vergessen hatte, wie ich heiße, aber ich schwöre, mein Handwerk habe ich gelernt, nämlich die Pflanzen zu pflegen und zu gießen, ohne sie zu verletzen. So wie Tommy nun gerade lernte, den unzähligen Gefahren auf dem Meer zu trotzen, denen seine beiden Lehrmeister mit jeder nur möglichen Großmäuligkeit begegneten.

Aber dann, an diesem Oktobertag, stoßen sie auf das

mysteriöse Ding im Wasser, tippen es mit dem Ruder an, und aus dem Ozean spritzen tausend teuflische Blitze. Riesige, dunkle Tentakel greifen das Boot an, umschlingen es, um es auf den Meeresgrund zu ziehen, und die zwei Männer erstarren vor Schreck, so kerzengerade und steif, als würden sie bereits in dem Grab liegen, das nun auf sie wartet. Tommy dagegen springt auf, greift nach der Axt im Boot und schlägt um sich. Aufs Geratewohl, aber es funktioniert, er kann einige dieser Arme, dick wie Kiefernstämme, sogar abtrennen, und er hört erst auf, als das Ungeheuer loslässt und verschwindet, wobei es Strudel und Spritzer hinterlässt, die das Meer schwarz färben.

So war das an diesem Tag, und das Beste daran ist, dass ausgerechnet Tommy seine Lehrmeister gerettet hat, aber noch besser und genau richtig ist, dass die jahrtausendealte Jagd auf den Kraken, die in der Antike begann und bis hierher führte, auf einem kurvenreichen Weg voller Bischöfe und Wissenschaftler, Professoren, Kommandanten und Imperatoren, mit Platon und Aristoteles, Plinius, Linné, Darwin und den berühmtesten Gelehrten der Weltgeschichte, dass diese Jagd also, von einem Zwölfjährigen beendet wurde, den die Erwachsenen kurz zuvor noch wie einen dummen Jungen behandelt hatten.

Sein Name ist Tommy Piccot, auch wenn er manchen Stimmen zufolge gar nicht auf dem Boot war, ja nicht einmal existierte. Es sind dieselben, die seit Jahrtausenden erklären, warum es dieses riesige Wesen nicht gibt, doch Tommy wischt sich die klebrige Tinte vom Gesicht, greift nach den Rudern und steuert auf die Küste zu, mit zwei sprachlosen Männern und einem sechs Meter langen Tentakel im Boot, der schließlich genügen dürfte, um der Diskussion ein Ende zu machen.

Denn bis zu diesem Tag hatte alles nichts genützt. Nach Montforts Tod auf der Straße hatte der wütende Kalmar den Menschen die Wahrheit stückweise ins Gesicht geschleudert, indem er sich rund um die Welt mehrfach sehen ließ, fast immer von Schiffen, die so französisch waren wie sein armer Freund. In Tasmanien von dem jungen Peron, im Atlantik nahe dem Äquator von Quoy und Gaimard, von Admiral Cécile auf der *Héroïne* und immer so weiter bis zum berühmtesten und spektakulärsten Zusammentreffen, dem mit der *Alecton* und Kapitän Bouyer, das wir zu Beginn unserer Reise erlebt haben, als sie den Kraken mit Kanonen beschossen, während meine Großmutter mit meinem Großvater plauderte und ihm Pommes frites machte, obwohl er tot war. Doch die offizielle Reaktion ist immer die gleiche: Seemannsgarn, Halluzinationen, Gruppenhysterie. Geschichten, Geschichten, *nur* Geschichten.

So auch nach einer weiteren, bedeutenden Sichtung, die es 1848 sogar in die *Times* schafft: Vor der afrikanischen Küste zwischen dem Kap der Guten Hoffnung und Sankt Helena entdeckt die Besatzung der *Daedalus* ein riesiges Geschöpf, das aus den Wellen auftaucht und sich wenigstens fünf Minuten lang vor dem Horizont bewegt.

Im gleißenden Sonnenlicht hält sie es für eine Seeschlange, die sich mit Kopf und Hals anderthalb Meter aus dem Wasser erhebt, und unter der Oberfläche erahnt man einen etwa achtzehn Meter langen Körper. Das ist verständlich: Wenn man den Tentakel eines Riesenkalmars sichtet, der aus dem

Wasser schnellt, während der Rest des Geschöpfes unsichtbar in der Tiefe bleibt, kann man diesen Arm leicht für ein eigenständiges Tier halten, eine große Schlange, die sich vor dem Horizont abhebt. Das Meer ist so, sein unermessliches Leben ereignet sich tief unten, in eigener Regie, vor uns erscheint nur das kleine Stück, das sich auf dem Wasser abspielt. Das ist die berühmte »Spitze des Eisbergs«, ein riesiger Berg, der in die Luft ragt, aber unter Wasser von einer noch zehnmal größeren Eismasse getragen wird. Er ist so imposant, dass wir ihn uns, abgesehen davon, dass wir ihn nicht sehen, manchmal nicht einmal vorstellen können, weshalb wir mit ihm zusammenstoßen und untergehen. Und so bringen die Leser der *Times* und die Gelehrten, nur um der Absurdität einer Seeschlange oder eines Riesententakels zu entgehen, unzählige andere Erklärungen vor, die noch weit über die Wirbel von Wahnvorstellungen hinausgehen.

Denn tatsächlich ist das von der *Daedalus* gesichtete Tier für manche einfach ein Aal. Ein Pelikanaal, ein Tiefseefisch, dessen aufgerissenes Maul so lang sein kann wie sein ganzer Körper. In diesem konkreten Fall muss es sich um einen Riesenkerl gehandelt haben, drei oder vier Mal größer als seine Artgenossen, um einen, der sich furchtbar gern bewundern ließ und deshalb die dunklen Tiefen verlassen hat, in denen er eigentlich lebt, und aus dem Wasser sprang wie die Sardellen an einem Sonnentag.

Andere räumen ein, dass das Geschöpf tatsächlich eine Schlange war, doch eine normale, landbewohnende Schlange, eine Boa. Auch sie übermäßig großgewachsen, so dass sie sich im Dickicht der Wälder eingeengt fühlte und die Weite des Ozeans bequemer fand.

Oder womöglich handelt es sich um ein überlebendes Exemplar des Plesiosaurus, des riesigen prähistorischen Wesens, dessen Fossilien unsere Freundin Mary Anning einige Jahre zuvor entdeckt hatte.

Diese und noch weitere Ansichten vertreten die Leser der *Times*, und das ist in Ordnung so, jeder hat das Recht, zu sagen, was er denkt, auch wenn das, was er denkt, Blödsinn ist. Außerdem sind abwegige Ansichten viel wert, sie sich anzuhören, ist ein Vergnügen, das so manchen lahmen Abend in den Bars und auf den Plätzen der Welt auflockert.

Wenn sich allerdings Sir Richard Owen, der weltberühmte Biologe und Paläontologe, zu dem äußert, was die *Daedalus* gesichtet hat, ein Professor, der sich so gut mit Dinosauriern auskennt, dass er das Wort »Dinosaurier« erfunden hat, ja dann erwartet man doch etwas mehr Substanz. Daher schweigen wir respektvoll und hören zu, während Sir Richard uns erklärt, dass das Geschöpf, das die Mannschaft der *Daedalus* am Horizont gesehen hat, ohne jeden Zweifel eine Robbe ist.

In einer ungewöhnlichen Gestalt, von beeindruckender Größe und an einem Ort, an dem sie nicht lebt, das schon, aber eine Robbe. Und natürlich keine Seeschlange und kein Kraken, diese Kreaturen gibt es nicht, sonst wären wir ihnen im Laufe der Jahrhunderte doch begegnet und hätten ihre riesigen Überreste irgendwo an den Küsten finden müssen. »Vermutlich gibt es mehr Beweise seitens Augenzeugen für die Existenz von Geistern«, sagte der Professor abschließend, und dem lässt sich entnehmen, dass Sir Richard Owen auch nicht an Geister glaubt, weshalb es Zeit wird, ihn links liegen zu lassen und anderswohin zu schauen.

Wie es der Kapitän der *Daedalus*, McQuhae, tut, der sein ganzes Leben auf dem Meer verbracht hat und dem es nicht passt, wie ein leichtgläubiger Badegast behandelt zu werden. Er antwortet entrüstet:»Mein Ziel und Streben war es, den gelehrten und wissenschaftlich gebildeten Herren präzise Daten zu liefern«, woraufhin er sich mit dem Wunsch nach einer»günstigeren Gelegenheit« verabschiedet,»um den *Großen Unbekannten* näher kennenzulernen«, und es wird»bestimmt kein Geist sein«.

»Der Große Unbekannte«, so nennt der Kapitän ihn, und dieser Name passt perfekt. Groß wie der Zauber, der uns zu dem hinzieht, was wir nicht kennen, und groß wie die Angst, die wir davor haben. Groß wie die Erschütterung, die seine bloße Existenz in unsere Welt brächte, kleinlich und präzise, wie sie ist, gegründet auf ein Leben aus Berechnungen und Vorsicht. Und so eignen sich Aale und Boas, Fossilien und Robben und alles, was es auf der Arche Noah so gab, bestens, um diese kleine Welt zu verteidigen und den Großen Unbekannten abzuwehren.

Nur dass dann eines Morgens im Oktober 1873 die günstige Gelegenheit kommt, die Kapitän McQuhae sich gewünscht hat. Der kleine Tommy Piccot trägt sie auf dem Arm.

Und nicht die Frische des Tentakels spielt die entscheidende Rolle in seinem Schicksal: Mit der gehörigen Starrköpfigkeit könnte man auch ihn ignorieren, bis er zu Matsch geworden ist, sich die allgemeine Aufregung gelegt hat und dann weiter wie immer, unbeirrt, akkurat, blind.

Nein, das Schicksal ist wie ein Messer, es kann dir Marmelade aufs Brot schmieren oder dir die Kehle durchschneiden, das hängt von den Händen ab, in die du es legst.

Und Tommy legt es in die Hände von Moses Harvey.

Der in dieser Gegend der Reverend ist und ein großer Liebhaber der Naturwissenschaften. Er ist mit seiner Frau Sarah aus Irland gekommen, hat einen offenen Geist, ein weit offenes Herz und einen stets weit geöffneten Mund: Seine Predigten sind ziemlich gefürchtet, weil sie nie aufhören, genauso wie seine Vorträge, die er dort in der Gegend hält, und wenn er gerade keinen Vortrag halten kann, überschwemmt er die Lokalpresse mit Artikeln – etwa eintausend – zu jeder noch so kleinen naturwissenschaftlichen Frage.

Und nun erst, da Harvey dieser erstaunliche Tentakel ins Haus geflattert ist und er dessen Bedeutung sofort erkennt:

»Ich besaß nun die seltenste Kuriosität des ganzen Tierreichs – den echten Tentakel des bisher mystischen Teufelsfisches, über dessen Existenz Wissenschaftler seit Jahrhunderten gestritten haben. Ich wusste, dass ich den Schlüssel des großen Geheimnisses in meiner Hand hielt und nun ein neues Kapitel im Buch der Naturgeschichte geschrieben werden würde.«

Aber Harvey ist ein ehrlicher Enthusiast, kein Egoist, er möchte, dass dieses neue Kapitel gut geschrieben wird, und so vertraut er den kostbaren Schlüssel des Geheimnisses Professor Emery Verrill an.

Der in Yale Zoologie lehrt und fest an den Riesenkalmar glaubt. Seit Jahren studiert er seine wenigen zur Verfügung stehenden Teile, bis sie verschlissen sind, so wie in Dänemark auch Professor Japetus Steenstrup, der beschlossen hat, dem Tier einen wissenschaftlichen Namen zu geben, *Architeuthis dux*, wobei er sich nur auf einen Schnabel, ein Tentakelstückchen und ein paar Saugnäpfe stützte.

Doch jetzt hat Verrill einen noch fast lebenden Tentakel von sechs Metern Länge vor sich. Und bevor er ihn sich gründlich ansehen kann, muss er eine Möglichkeit finden, ihn in sein Laboratorium zu bekommen. Er schiebt den Schreibtisch an die Wand, lässt den Schrank hinaustragen, doch es hilft alles nichts: Als endlich genug Platz für den kostbaren Fund ist, schüttet der Himmel eine ganze Flut vollständiger, riesiger, überwältigender Tiere über ihm aus.

Denn die Geduld des Kalmars ist groß, ist so riesig wie er selbst, doch sie ist erschöpft.

Nach dem todtraurigen Ende seines Freundes Montfort hat er versucht, hier und da immer deutlichere Beweise für seine Existenz auszustreuen, aber die Welt schaute weiterhin weg. Er hat es ruhig hingenommen, für ein Märchen gehalten zu werden, für das Seemannsgarn betrunkener Matrosen, für einen Aal, für eine Boa, die sich auf die See verirrt hat, und sogar für eine Robbe auf Spritztour zu einem Eisberg. Aber jetzt reicht es dem Kalmar, seine Stunde ist gekommen. Und da er gigantisch ist, ist auch seine Stunde gigantisch. Sie wird zehn Jahre dauern, von 1871 bis 1881, in denen anstelle von vereinzelten Tropfen der Wahrheit auf den Meeren rings um die Insel Neufundland plötzlich eine Flut von Beweisen losbricht, ein Wolkenbruch von Kalmaren, der die trockene Kruste des Skeptizismus aufweicht, sie durchnässt und für immer überschwemmt.

Auf hoher See, in die Netze und an die Ufer ergießt sich eine surreale Menge vollständiger und manchmal noch lebender Exemplare, die mehr als eine Tonne wiegen und deren Tentakel über zehn Meter lang sind.

Bereits zwei Jahre vor Tommys Abenteuer haben dort ganz in der Nähe die Männer des Schoners *B. D. Haskins* einen toten Kalmar gesehen, der neunhundert Kilo wog und eine Länge von fast acht Metern hatte, und in derselben Bucht fand man einen weiteren, gestrandeten, der sechzehn Meter maß. Doch es waren bereits verdorbene Reste, und Reverend Harvey war nicht benachrichtigt worden, und so wurden sie zu Fischköder und Hundefutter.

Einen Monat nach der mutigen Tat des kleinen Jungen ziehen, ebenfalls in Portugal Cove, vier Fischer ein Netz herauf, das viel zu schwer ist, um nur voller Sardinen zu sein, und vor allem zappelt es in ihm so sehr, dass es ihnen aus den Händen gleitet. Darin ist ein riesiger Kalmar, der in seinem wilden Kampf seine Tentakel verliert, welche die erstaunten Seeleute an Land bringen. Aber noch mehr staunen sie, als Reverend Harvey ihnen zehn Dollar dafür bietet, dass sie ihm dieses Zeug nach Hause liefern.

Dort hilft Harvey ihnen, das Ganze ins Badezimmer zu schleppen, wo die Tentakel – acht Meter lang und mit einer Doppelreihe zahnbewehrter Saugnäpfe versehen – die Wanne ausfüllen und den ganzen Fußboden bedecken. Es ist nicht überliefert, was für ein Gesicht seine Frau Sarah gemacht hat, als sie nach Hause kam, aber der Photograph, der herbeigelaufen ist, um dieses Wunderwesen zu verewigen, braucht eine Weile, bis er nicht mehr zittert und das historische Photo schießen kann.

Dann schickt Harvey das Ganze an Professor Verrill, der seine Studie in verschiedenen wissenschaftlichen Zeitschriften veröffentlicht und damit die Aufmerksamkeit der ganzen Welt entfacht.

Als Dank an den Reverend tauft er das Tier *Architeuthis harveyi*, und der ist hellauf begeistert: »Ich habe mein Möglichstes getan, um diese Ehrung voller Bescheidenheit anzunehmen.« Ein befreundeter Pfarrer mahnt ihn allerdings zur Vorsicht, weil er Gefahr laufe, auf einem Teufelsfisch reitend in die Geschichte einzugehen. Harvey lächelt und bedankt sich für den Ratschlag, während er gleichzeitig denkt, egal wie viele Riesentiere in den Tiefen des geheimnisvollen Ozeans schwimmen mögen, das schlimmste Biest ist und bleibt doch in jedem Fall der Neid.

Und er lächelt auch, als P. T. Barnum, der große Impresario eines Wanderzirkus, ihm schreibt und »zwei große Exemplare dieser Teufelsfische« bei ihm bestellt, »Geld spielt keine Rolle«.

Einfach so, als ginge es um Pizza oder Schinken. Und das ist verständlich bei einem, der schon einen Affenmenschen, eine 161 Jahre alte Frau und eine andere mit vier Beinen, eine Fidschi-Meerjungfrau und das Skelett von Christoph Kolumbus auf Lager hat. Doch Barnum weiß nicht, wie selten diese Tiere sind, die uns in so vielen Jahrhunderten nur gelegentlich aufblitzend einen Blick auf sich gewährt haben, um wie die Geister, an die Professor Owen nicht glaubte, sofort wieder zu verschwinden. Dennoch, in diesen Tagen in Neufundland scheinen sie doch nicht so selten zu sein.

Ein weiteres Exemplar strandet in der Bonavista Bay, eins an der Küste von Grand Bank und noch eins vor Harbour Grace, dann in Hammer Cove und auf Belle Isle. Einige entgehen Harvey, weil sie umgehend zerschnitten und an die Hunde verfüttert werden, doch der Reverend notiert die Daten und Maße jedes Einzelnen, und es gelingt ihm, jenen Kalmar zu bergen, der durch eine Sturmflut in Catalina an Land gespült wurde und sich dort noch einige Tage herumwälzte. Er ist mit seinen dreizehn Metern Länge das größte vollständig erhaltene Exemplar, das bis dahin gefunden wurde, und der Reverend kann den Blick nicht von den Augen des Ungetüms wenden, die viel größer sind als des Reverends Kopf.

Aber es bleibt keine Zeit zum Staunen, ein weiterer Kalmar erleidet etwa dreißig Kilometer entfernt in Lance Cove das gleiche Schicksal, und ein Riesentier von siebzehn Metern Länge wird vor der Küste von Thimble Tickle gesichtet, eins in James Cove und noch eins erneut in Portugal Cove und so weiter, ohne Atempause. Zwischen 1861 und 1871 enden mindestens sechzig Riesenkalmare als Fischköder oder werden weggeworfen, doch dreiundzwanzig schwimmen direkt zu Professor Verrill, der sein Privatleben beiseiteschiebt, wie er es mit den Möbeln in seinem Laboratorium getan hat, und jedes einzelne Exemplar aufmerksam studiert und beschreibt, das ganze verrückte Jahrzehnt lang, in dem diese Flut riesiger Ungeheuer über Neufundland hereinbrach.

Und da man dies nun nicht länger leugnen konnte, versuchte man, es mit einem allgemeinen Massensterben wegen irgendeiner Krankheit oder eines Parasiten zu erklären, oder vielleicht handelte es sich ja auch – wie so häufig im Herbst – um von der Paarung erschöpfte Exemplare. Später sprach man von Schwankungen des Labradorstroms, von spezifischen Klimaveränderungen dieser Region und anderem mehr. Doch um den starrköpfigen Truppen der Vernunft, die schon wieder Morgenluft witterten, den Gnadenstoß zu versetzen, bricht in der Zwischenzeit auf der anderen Seite der Welt über Neuseeland eine ähnliche Flut herein, mit Riesentieren von bis zu siebzehn Metern.

Einfach so, um jeden Rückzugsweg abzuschneiden, jeden Versuch einer Flucht vor den Dingen, wie sie sind. Der Kalmar ist nicht Parasiten, Meeresströmungen oder einer postkoitalen Müdigkeit zum Opfer gefallen, er war einfach nur fassungslos und genervt von der dürren Nüchternheit, der blinden Kleinlichkeit der Menschen. Und so wollte er uns überwältigen, Jahrhunderte von Diskussionen wegfegen und hier am Ufer nur eine einzige, mächtige Wahrheit hinterlassen, unübersehbar und unausweichlich, genauso wie sein Körper unter der Sonne, der bis zu zwanzig Meter misst: Den Riesenkalmar, den Kraken, den Sciu-Crak, den Inselfisch, den Riesenpolypen oder wie wir ihn sonst noch gern nennen möchten, *gibt es*.

Da ist er. So groß wie die Legenden ihn beschreiben, ja noch größer.

Es gibt ihn, für immer und ewig.

Auch während wir im Postamt Schlange stehen, auf dem Bahnsteig auf den verspäteten Regionalzug warten oder auf der Eigentümerversammlung sind, wo man seit einer halben Stunde über den Austausch der Scheuerleisten im Flur diskutiert. Währenddessen ist er da im Meer und schwimmt vor sich hin.

Wir leben in einer verrückten, abgefahrenen, phantastischen Welt, in der der Riesenkalmar schlicht und spektakulär Realität ist. Das lässt sich nach dieser Flut nicht mehr leugnen, die mit dem Tentakel einsetzte, den der kleine Tommy Piccot mit nach Hause gebracht hat.

Und wenn jetzt noch einer behauptet, dass Tommy an jenem Morgen nicht mit im Boot war und dass es dieses Kind in Wahrheit sogar nie gegeben hat, tja, dann hat er wirklich nichts begriffen.

9

Die Tentakel des Weihnachtsmanns

Heute Abend ist alles wie immer, du kommst von der Arbeit und bist müde von der üblichen Müdigkeit, die keine körperliche Erschöpfung ist und die du eigentlich nicht in dir, sondern an dir hast, sie schaltet deinen Kopf ab und befiehlt dir nur, so schnell wie möglich nach Hause zu kommen, die Tür zu schließen und alles, was du kannst, draußen zu lassen.

Aber du bist nicht der Einzige, wir sind alle so, jeder darauf bedacht, sich möglichst schnell von den anderen zu entfernen. Das Resultat ist diese Blechlawine, Autos dicht an dicht, sie reglos, wir reglos, blockiert von unserem Wunsch, schnell wegzukommen.

Du umklammerst das Lenkrad und beißt die Zähne zusammen, deine Blicke springen über die Schlange vor dir, durchdringen die triefnasse Dunkelheit dieses Dezemberabends und heften sich ganz vorn auf das rote Licht der Ampel. Die nie umschaltet, nie umschaltet, nie umschaltet. Du siehst auf dem Handy nach, ob du neue Nachrichten hast, aber du hast keine, suchst nach einem Vorwand, um irgendwem eine zu schicken, doch der Lärm deiner Gedanken schwillt betäubend an, darum schaltest du das Radio ein und versuchst so, ihn zu übertönen.

Und im Radio kannst du vier Sachen finden: schreckliche Songs, noch schrecklichere Songs, Leute, die sich streiten, und Leute, die beten. Aber heute Abend hast du schon zu viele Gedanken, zu viele bittere, verheddderte Wörter im Kopf, du willst nicht noch die von Leuten dazumischen, die über Fußball Politik Steuern Produkte aus der Region und über Jesus reden, also schaltest du um, schaltest um, bis du auf den ersten Song stößt.

Da singt einer, wie sehr ihm eine fehlt und wie schön und besonders und einzigartig sie unter allen anderen Mädchen ist, die alle gleich sind. Und du müsstest im Takt auf das Lenkrad trommeln und den Refrain mitpfeifen, der aus drei Kreuznoten besteht, aber du musst an alle Mädchen denken, die dieses Lied hören, es mitsingen und sich wie dieses eine geliebte, besondere Mädchen fühlen, ein unermesslicher Chor einzigartiger Mädchen, die die gleichen Worte mit der gleichen Stimme singen, alle gleich.

Aber das ist schon in Ordnung so, sehr sogar. Besser als daran zu denken, wie es heute auf der Arbeit lief, sonst wirst du depressiv. Das Schlimme ist nicht, dass es besonders schlecht lief, nein, heute lief es so wie gestern und so, wie es morgen laufen wird und wie immer an den Tagen, die bloß als Countdown Richtung Wochenende taugen, wenn du endlich tun kannst, was du willst, und was du willst ist, zu Hause zu bleiben und nichts zu tun.

Wenn sie dir das gesagt hätten, als du sechzehn warst

und das A für Anarchie an die Wände auf dem Schulklo gemalt hast, auf die Schulbank, auf deinen Rucksack und sogar auf das Gummiband deiner Unterhose. Als du das Gefühl hattest, bei den gemeinsamen Familienessen mit deinem Cousin Sergio zu ersticken, der kaum älter war als du, aber schon als Vermessungstechniker arbeitete, und alle voll des Lobes, wie tüchtig und ernsthaft er doch war, und du hast Gott im Himmel dafür gedankt, dass du nicht so warst wie er. Aber du hast ihm zu früh gedankt, denn jetzt sitzt du hier im Stau fest, zusammen mit Sergio und mit allen anderen, und wie du hierher geraten bist, weißt du selbst nicht.

Also ist es vollkommen in Ordnung, wenn du an die vielen tausend Mädchen denkst, die dieses bescheuerte Lied mitsingen, und auch du vielleicht in den Chor einstimmst, genauso besonders wie sie, genauso einzigartig wie sie, wie einfach alle miteinander.

Doch als du den Mund öffnest und lossingen willst, hört das Lied auf. Es verklingt aber nicht, es wird regelrecht abgewürgt, einen Moment lang nichts, dann eine Frauenstimme. Eine schöne Stimme, wirklich eine Radiostimme, nur hat sie nicht diesen vollen, sicheren Ton. Ganz im Gegenteil, sie klingt so verwirrt, wie du es bist, während du versuchst, zu verstehen, was los ist.

Guten Abend, wir unterbrechen unser Programm für eine wichtige Sondermeldung … sie hat uns soeben erreicht, und Einzelheiten sind noch nicht bekannt, aber … ja, also, in Preganziol, in der Provinz Treviso, überraschte der zweiundfünfzigjährige Inhaber eines

Schuhgeschäfts Giancarlo Ballan kürzlich einen Unbekannten in seiner Wohnung. Der Mann mit ausländischem Akzent und einem Sack über der Schulter war ins Wohnzimmer eingedrungen, während Ballans Ehefrau und der Sohn in der Küche ahnungslos das Abendessen zubereiteten.

Als der Hausherr auf den Eindringling traf, hatte er die Stahlschiene zum Absperren der Wohnungstür in der Hand und reagierte spontan. Dann rief er die Polizei, die sofort eintraf, den mutmaßlichen Übeltäter reanimierte und ihn nach draußen brachte, wo das Geschrei und die Sirenen eine Menge Nachbarn und Passanten angelockt hatten, die gerade auf dem dortigen Weihnachtsmarkt einkauften.

Auf den vielen Fotos und Videos, die gemacht wurden, ist deutlich zu erkennen, wie der alte Mann in roter Kleidung und mit einem langen, weißen Bart von zwei Polizisten herausgeschleift wird, doch anstatt sein Gesicht zu verbergen, alle Leute grüßt, ihnen ein frohes Fest wünscht und fröhlich lacht. Der Mann leistet erst Widerstand, als die Beamten versuchen, ihn in den Einsatzwagen zu schieben, und erklärt wiederholt, er könne nicht mitfahren, er habe noch eine Menge zu tun. Dann steckt er zwei Finger in den Mund und stößt einen Pfiff aus.

Da senkt sich ein von zwei Reihen Rentieren gezogener Schlitten vom Himmel und landet mitten im allgemeinen Durcheinander. Der Alte steigt auf, schwenkt seine rote Mütze, und der mit Geschenkpäckchen vollbeladene Schlitten hebt unter Glöckchengeklingel ab.

Nun, so weit die Fakten. Und jetzt zur eigentlichen Nachricht. Wir wissen nicht so genau, wie wir es Ihnen sagen sollen, und das Ganze wird gerade von den Behörden geprüft, die sich noch nicht geäußert haben, aber ... also, meine Damen und Herren, den Weihnachtsmann gibt es.
Den Weihnachtsmann. Gibt es.

Das melden sie im Radio. Und schalten zu einem Interview mit Signor Ballan, der sich entschuldigt und erklärt, dass er doch nicht wissen konnte und dass er mit den Nerven am Ende gewesen sei wegen des anstrengenden Weihnachtsgeschäfts und wegen der anderthalb Stunden Stau auf dem Heimweg und dann der Schock, in seinem Haus auf einen Einbrecher zu treffen, der noch dazu Ausländer gewesen sei, und ...

Und du hörst nicht mehr zu. Keiner hört mehr zu. Das siehst du an den Autos ringsumher, die vielleicht auch das Radio eingeschaltet hatten oder einen Post in den sozialen Medien gesehen haben, jedenfalls wissen alle Bescheid. Denn die Ampel ist grün, doch die Schlange bewegt sich nicht. Weil der Erste da vorn nicht losfährt, der hinter ihm nicht hupt, der dahinter auch nicht und nicht einmal du ganz hinten. Da hat das Licht oben an einer Eisenstange die Farbe gewechselt, na und? Was hat das jetzt noch zu bedeuten? Was sollst du tun? Wo bist du? Du bist von der Arbeit gekommen und wolltest nach Hause, aber das war vorher, jetzt ist alles aus den Fugen. Ein Erdbeben hat die Realität erschüttert und für immer zertrümmert, es gibt nichts mehr, wohin man zurückkehren könnte, aber es gibt eine andere Welt jenseits der Trümmer, und es gibt jungfräuliche Schritte, die dir einfallen müssen, auf diesen unberechenbaren Horizont zu.

Du musst nur daran glauben, aus dem Auto steigen und dich auf den Weg machen in diese neue, wunderbare Richtung.

Doch nein, nichts von alledem. Du bleibst im Auto sitzen, die Ampel wird grün, und du fährst los, und nach weiteren Staus kommst du zu Hause an wie immer.

Denn diese Radionachricht habe ich mir ausgedacht, sie ist gar nicht wahr.

Ich will nicht sagen, dass es den Weihnachtsmann nicht gibt, im Gegenteil, aber noch niemand hat ihn in der eigenen Wohnung überrascht und mit einer Eisenstange niedergeschlagen. Dabei könnte das durchaus passieren, morgen Abend oder übermorgen oder wenn du gar nicht damit rechnest, denn in der Realität ist etwas nicht weniger Unmögliches passiert, als man entdeckte, dass es den Riesenkalmar gibt.

Der Kraken, das Seeungeheuer, das ein paar Jahrtausende lang die Legenden und Phantasien bevölkerte, schwimmt wirklich in allen Meeren der Welt herum. In *20 000 Meilen unter dem Meer* kämpft Kapitän Nemo mit einem Kraken »von kolossaler Größe«, der sechs Meter misst, doch das ist ein Meisterwerk der Science-Fiction-Literatur. In Wahrheit erreicht der Kraken eine Länge von fast zwanzig Metern.

Kurz, die Reisenden der Antike waren keine Lügner, manche Gelehrte waren nicht verrückt, und die Seemänner waren nicht betrunken. Oder vielleicht doch, aber sie hatten trotzdem Recht.

Und vielleicht sagt jetzt jemand: »Die Ärmsten, sie sind gestorben, ohne je zu erfahren, dass sie Recht hatten.« Aber nicht doch, sie wussten es natürlich, blieben dann auch hartnäckig und schlugen sich in einem verqueren und komplizierten, aber immer farbenfrohen Leben durch. Arm dran waren höchstens diejenigen, die nichts weiter fertigbrachten, als sie zu kritisieren und den Kopf zu schütteln, wobei sie versuchten, deren Regenbogen mit dem Grau der eigenen starren, misstrauischen Existenzen zu überdecken. Sie starben, ohne zu erfahren, wie sehr sie sich geirrt hatten, doch in manchen Nächten, im stillen Dunkel ihres Schlafraums, ahnten sie es, und es muss sehr kalt und sehr groß gewesen sein, das Nichts, das sie umgab.

Bis zu der wundersamen Flut in Neufundland und Neuseeland, mit der der Riesenkalmar sich energisch seinen Platz auf dem Planeten und im Buch des Lebens eroberte, so dass jetzt so gut wie jeder weiß, dass es ihn wirklich gibt.

Aber abgesehen davon wissen wir nicht viel über ihn. Seit diesen außergewöhnlichen Funden sind anderthalb Jahrhunderte vergangen, mit so vielen technischen Neuerungen, dass sie für ein ganzes Jahrtausend genügen würden. Wir haben hochauflösende Kameras, die in die Tiefsee vordringen, und Schleppnetze, die das Meer in Tiefen ausplündern, die wir früher ungestört lassen mussten, und trotzdem ist es bislang nicht gelungen, den Riesenkalmar in seinem Lebensraum zu erforschen oder einen fürs Aquarium zu fangen, und die wenigen Informationen, die wir über ihn haben, sind unter Experten umstritten.

Fest steht, dass sein Name gut passt, denn er ist wirklich riesig, aber ansonsten unterscheidet er sich im Aussehen nicht besonders von den normalen Kalmaren, die wir kennen.

Auch wenn viele von uns die Kalmare ja gar nicht kennen. Sie haben sie nur als Ringe und gewürfelt auf einem Teller gesehen, als wäre ihr natürlicher Lebensraum auf einer Festtafel, in einem Meer aus Öl auf einem Fond aus Oliven und Kartoffeln.

Das ist heute schon so, und es wird immer öfter so sein. Unser Essen ist so raffiniert verarbeitet, dass es nicht mehr zu erkennen ist, teils um der künstlerischen Eitelkeit der Köche zu schmeicheln, teils um den Appetit von uns gelangweilten Essern anzuregen, doch auch, damit wir auf diese Weise das Tier, das wir da herunterschlucken, nicht allzu sehr bemerken.

Fleischröllchen, Filets, Häppchen, Schäume und Cremes, die kostbaren Sushi-Miniaturen ... eine garnierte Show, photographiert, veröffentlicht und erst am Ende gegessen, ohne dass je ein Gedanke darüber aufkommt, was wir da eigentlich auf dem Teller haben. Die Form des Tiers gibt es nicht mehr, keine Pfoten oder Flossen, kein Maul und vor allem keine Augen: Wenn es nicht sieht, was wir ihm antun, sehen wir es auch nicht.

Da fällt mir meine Großmutter Mariuccia ein, die Mutter meines Vaters, die Bäuerin war und in einem Steinhaus am Ende einer kleinen, kurvenreichen Straße wohnte, an der es Olivenbäume anstelle von Laternen gab. Dort stand die Tenne, auf der sie uns erwartete, aufrecht in ihrem an den dürren Hüften engsitzenden Kleid und in Gummistiefeln, die ihr bis zu den Knien reichten. Immer gleich, sommers wie winters, ich kann sie mir gar nicht mit einer leichten Bluse oder einem Mantel vorstellen – Großmutter Mariuccia war jedes Mal so gekleidet. Und jedes Mal winkte ich mit dem ganzen Arm aus dem Autofenster, und sie winkte mit ihrer freien Hand zurück. Die andere aber schnellte nach unten und packte das erste Federvieh, das das Pech hatte, ihr über den Weg zu laufen. Henne, Ente, Gans oder Perlhuhn, meine Großmutter hob das Tier am Hals hoch und wirbelte es mit einer Drehung, nur einer einzigen, durch die Luft wie in einem kurzen Totentanz, und am Ende dieser Drehung war der Tänzer tot.

Ich freute mich wirklich auf den Besuch bei Großmutter Mariuccia, hatte aber gleichzeitig ein schlechtes Gewissen wegen der Henne oder der Gans, die jeweils meinetwegen starb.

Ich versuchte den ganzen Nachmittag, nicht daran zu denken, lief in den Feldern den Ziegen nach, schlüpfte in den Hühnerstall, melkte die Kuh und aß Feigen oder Mispeln direkt vom Baum. Doch dann wurde es Zeit fürs Abendessen, und meine Großmutter öffnete den Backofen, zog den Bräter heraus und stellte ihn mitten auf den Tisch, und darin war die Henne oder die Gans, vollständig, mit allem Drum und Dran. Ohne Federn und gebraten, aber immer noch sie, mit Füßen, die bis zu diesem Nachmittag noch nach Würmern gescharrt hatten, mit Kopf, Schnabel und sogar dem Kamm obenauf, den mein Onkel Agostino so gern aß. Da lag sie mit geschlossenen Augen, als würde sie dort zwischen den Kartoffeln schlafen, nach einem Tag voller Aufregungen und einem strapaziösen Ausflug in den Backofen.

Alle stürzten sich darauf, um sich ein Stück zu nehmen und sich die Keulen, die Flügel, die Brust und alles, was sie am liebsten hatten, streitig zu machen. Eine Szene, die heute für viele der reinste Horror wäre, sie würden sofort ein Video davon machen und es mit einer empörten Bemerkung ins Netz stellen, und darunter dann eine Lawine wutentbrannter Kommentare und wilder Verwünschungen gegen die Tischgäste und gegen meine arme Großmutter Mariuccia, die den Hühnern immer einen Schwank aus ihrer Jugend erzählte und der Kuh jeden Morgen das Horoskop vorlas.

Also, der langen Rede kurzer Sinn ist, dass wir, wenn wir über Kalmare sprechen, oftmals keine Ahnung haben, was sie eigentlich sind. Wir haben sie nur frittiert oder gefüllt gesehen oder zerquetscht auf dem Ladentisch eines Fischgeschäfts. Folglich haben wir sie nie gesehen.

Denn sie sind anders als wir Menschen, die sich als Tote nicht besonders verändern. Wenn ein Typ gut stirbt, sieht er aus, als würde er schlafen. Stell ihn hin, öffne ihm die Augen, drück ihm ein Telefon in die Hand, und er ist einer von uns. Stirbt aber ein Kalmar, verschwindet mit seinem Leben auch sein ganzer Zauber.

Seine harmonische, hypnotische Fortbewegungsart, die weiche Kraft seiner Tentakel in der Tiefe, die sich zu einer einzigen Spitze zusammenschließen und so aus dem Wasser ragen können oder sich zu einer Strahlenkrone öffnen wie eine Sonne, die das Meer entzündet, während jeder Arm für sich und trotzdem im Einklang mit den anderen tanzt, weil ein Teil des Gehirns sich gerade in ihm befindet und jeder Arm ein bisschen in Eigenregie denkt. Und dazu seine phantastische Fähigkeit, die Farbe zu wechseln, und zwar so schnell, dass ein Chamäleon ein Waisenknabe dagegen ist. Kalmare sind, wie auch Sepien und Kraken, in der Tiefe schwebende, lichterfüllte, außerirdische Raumschiffe, die auf unserem Planeten auf Patrouille sind.

Und gerade dieses Wunder, dieser hypnotische Zauber haucht dem Riesenkalmar Leben ein, nur dass dieser Hauch zwanzig Meter lang ist.

Der eigentliche Körper, der Mantel obenauf, ist der kürzeste Teil, von einer durchsichtigen Flosse umgeben, die für die winzigen und genauen Bewegungen tänzelt, während der Kalmar für raketenschnelle Reisen den Wasserstrahl des Siphos nutzt, aus dem er auch seine schwarze Tintenwolke spritzt. Sein Blut dagegen ist blau, da es statt Eisen Kupfer enthält, und drei Herzen sorgen dafür, dass es in den Kreislauf gepumpt wird. Augen hat er zwei, rund und dunkel und riesengroß, auch im Verhältnis zu seiner Größe: Ein Pottwal hat sechs Zentimeter große Augen, die des Kalmars messen mehr als dreißig Zentimeter. Perfekt für ein Leben im Dunkel der Tiefsee, wo das äußerst spärliche Licht restlos eingefangen werden muss.

Unterhalb der Augen beginnt der größte Teil des Kalmars, acht lange Fangarme plus zwei noch längere Tentakel. Sie schnellen weit vor, um mit den Saugnäpfen, die sie bedecken und die jeweils von einem scharfen, gezähnten Ring umgeben sind, die Beute zu packen und sie zum Maul zu führen. Das befindet sich zwischen den Tentakeln und ist weniger ein Maul als vielmehr ein Schnabel, ganz wie der eines Papageis, mit einer rauhen Zunge, der Radula, die die Nahrung vor dem Verschlucken wie eine Raspel zerkleinert.

Das wär's im Großen und Ganzen, was wir über den Riesenkalmar wissen, der Rest ist immer noch eine Mischung aus Theorien, Wetten und Phantasie. Wie lange er lebt, wie er sich vermehrt, was genau er frisst, ob er aufleuchtet wie manche kleinere Kalmare, ob er träge auf dem Meeresgrund liegt und sich von toten Tieren ernährt oder ob er ein aggressiver Räuber ist, der alles angreift, was sich in seine Nähe wagt.

Mit ziemlicher Sicherheit sind aber die entsetzlichen Angriffe auf unsere Schiffe, die die Ozeane befahren, nicht wahr. Wenn doch ein Exemplar dort an die Oberfläche kommt, wo ein Schiff ist, bedeutet das, dass es im Sterben liegt, und wenn es sich ein bisschen aggressiv gebärdet, dann nur, weil wir dazu neigen, uns mit Harpunen und Kanonenschüssen zu präsentieren. Normalerweise tut uns der Kalmar überhaupt nichts. Und das nicht, weil er so gut oder so nett ist oder einen Heidenrespekt vor der menschlichen Spezies hat. Nein, Tatsache ist, dass er uns nicht auf dem Schirm hat, wir sind ihm schnurzegal. Delphine springen unter unserem Applaus aus dem Wasser und spielen mit uns, Wale schwimmen manchmal um Taucher herum und neben Schiffen her, aber der Riesenkalmar greift uns nicht an, zieht keine Show ab und schaut nicht mal gelegentlich bei uns vorbei, wie wir es selbst bei den nervigsten Tanten tun. Jahrhundertelang dachten wir, dass er nicht existiert, dabei sind wir es, die für ihn nicht existieren.

Und das ist, zusammen mit seiner anmaßenden Größe, ein herber Schlag für unser Ego.

Tja, seine Größe, auch darüber ist man sich überhaupt nicht einig. Denn jetzt heißt es, er könne höchstens achtzehn Meter lang werden, aber wie kommt man dazu, eine so präzise Obergrenze für ein Tier festzulegen, über das wir herzlich wenig wissen?

Das dürfte man nicht, das sollte man nicht, aber wir können nicht anders: Jetzt, da es dieses gigantische Tier in unserer Welt (*unserer* Welt) gibt, wollen wir wenigstens darüber entscheiden, wie gigantisch es ist. Achtzehn Meter und nicht mehr. Das ist genauso, als würden wir endlich diesen sanften Alten treffen, den Weihnachtsmann, und ihm sofort einen Pass voller Stempel in die Hand drücken, mit dem er zwischen den Nationen hin und her reisen darf, doch nur zu Weihnachten und nur zu festgelegten Zeiten.

Der Riesenkalmar ist also riesig, na gut, aber er darf auch nicht übertreiben. Sagen wir, achtzehn Meter, nur um unter zwanzig zu bleiben. Eine psychologische Schwelle, wie bei den Preisen *Alles für 9,99*.

Aber ein bisschen sollte man uns Menschen auch verstehen. Die Existenz eines so großen, unbekannten Wesens ist ein gewaltiger Schock. Wir sind in diese Welt hineingeboren, in diese ganze Natur, deren Teil wir sind, doch in einem Anfall von Eitelkeit haben wir uns eine Stufenleiter ausgedacht, die hoch und höher aufsteigt und nirgendwohin führt, aber dazu dient, uns von allem anderen abzuheben. Um uns überlegen zu fühlen, einzigartig, unangefochten.

Früher war das anders. Da war es leichter, uns an die Kräfte zu erinnern, die uns umgeben. Man starb selten an Altersschwäche, eher im Rachen einer wilden Bestie. Heute gibt es so etwas fast gar nicht mehr, Tiere, die uns fressen. Es gibt zwar Schlangen, Spinnen, Skorpione, ein paar nervöse Nilpferde und andere Tiere, die uns aus Versehen töten können, aber ich meine solche, denen bei unserem Anblick das Wasser im Maul zusammenläuft. Weil wir in ihren Augen nicht der Mittelpunkt des Universums sind, nicht die auserwählte Spezies, die Schöpfer der Renaissance und der Demokratie, die Maler der Sixtinischen Kapelle, die Erbauer des Parthenons und Erfinder des iPhones. Nein, für sie sind wir was zum Fressen.

Und nicht mal ein Festessen, sie fressen uns wirklich bloß, wenn sie nichts Besseres finden. Wie ich am Sonntagabend, wenn ich von einem Ausflug nach Hause komme und merke, dass ich nichts zum Abendbrot dahabe. Ohne Hoffnung öffne ich den Gefrierschrank und sichte dort in einer dunklen Ecke eisverkrustet die letzte, vergessene Tiefkühlpizza auf ihrem Weg zum Fossil.

Ganz recht, eine abgelaufene Pizza, die wir am Sonntagabend essen, das sind wir für diese Tiere.

Früher wurden wir oft gefressen, und das tat unserem Selbstwertgefühl gut. Denn dem Selbstwertgefühl der Menschen tun Dinge gut, die es dämpfen, die es ein bisschen auf dem Teppich halten. Es war traurig, dass immer mal wieder ein Onkel oder ein Cousin von einem Löwen, einem Tiger, einem Bären oder einem Hai zerknabbert wurden, aber es hatte auch sein Gutes.

Heute dagegen gibt es diese wilden Tiere kaum noch. Den großen weißen Hai, zum Beispiel, bezeichnen wir als schreckliches Raubtier, als Killerhai, als Mörder der Meere. Jedes Jahr sterben tatsächlich drei oder vier Menschen durch Haiattacken. Aber im selben Jahr beläuft sich die Zahl der von uns getöteten Haie auf mehr als siebzig Millionen. Drei oder vier gegen siebzig Millionen: Ich halte die

Haie nicht für so furchtbar gefährlich. Im Gegenteil, sie sind es, die in Gefahr sind, und die Gefahr für sie sind wir. Die ihre Beutetiere verschlingen, ihren Lebensraum zerstören, sie bis an den Rand der Ausrottung treiben. Dann halten wir kurz inne, gründen wohltätige Vereine und richten Naturreservate ein, um die letzten verbliebenen Exemplare zu schützen. Dadurch fühlen wir uns gut, fast wie Heilige, und ungeheuer überlegen: Wir sind in Sicherheit und noch dazu großzügig, wir stehen wirklich ganz oben in der Rangordnung der Lebewesen.

Aber da sind nun die unermesslichen Tentakel des Riesenkalmars und bringen unsere schöne Stufenleiter gehörig ins Wanken.

Also müssen wir ihm, auch wenn wir ihn kaum kennen und er uns nicht beachtet, Grenzen setzen. Um einen Vergleich zu haben und ihn herabzustufen, ihn, der uns schon durch seine bloße Existenz herabgestuft hat.

Und während wir krampfhaft Aufsätze schreiben und Tagungen veranstalten, um zu erklären, warum er keinesfalls noch größer werden kann, finden wir weitere Überreste, die wie seine aussehen, es aber nicht sind. Sie stammen von einem anderen Tier. Während wir noch kämpfen, um den Riesenkalmar im Zaum zu halten, taucht plötzlich der Kolosskalmar auf.

Koloss, ja, denn es musste ein noch schreienderes Wort für dieses Tier her, das stämmiger und robuster ist und daher noch mehr wiegt.

Ungefähr eine halbe Tonne, aber natürlich sind wir es, die diese Maße festlegen, Dinge, die wir einfach so behaupten, nachdem wir eine ganze Weile sprachlos dagestanden haben. In Wahrheit wissen wir über den Kolosskalmar noch weniger, ein ausgewachsenes männliches Tier wurde nie gefunden. Von einigen recht kleinen Exemplaren wissen wir, dass er noch größere Augen hat als sein Freund und ein Gehirn in Form eines Donuts, rings um die Speiseröhre platziert. Er muss beim Fressen wirklich aufpassen, denn ein zu großer Bissen könnte ihm statt einer Magenverstimmung einen Gehirnschaden bescheren.

Kurz und gut, ihn gibt es also auch noch. Dort in den Weltmeeren gibt es einen Riesenkalmar und einen Kolosskalmar. Mehr oder weniger das hatte der arme Montfort vor zweihundert Jahren erklärt, als er vom Krakenpolyp und vom Riesenpolyp sprach. Wir haben viel über ihn gelacht, jetzt gibt es nichts mehr zu lachen.

Oder vielleicht doch, sehr viel sogar. Wir können vor Glück lachen. Denn der Riesenkalmar ist kein Schlusspunkt, steht nicht am Ende eines Weges, der zu einer abschließenden Entdeckung und einer unumstößlichen Gewissheit führt. Im Gegenteil, die einzige Gewissheit ist, dass, wenn es diese beiden gibt, den Riesenkalmar und den Kolosskalmar, niemand wissen kann, wie viele Wundertiere sonst noch im Meer leben und in der Welt unterwegs sind, nie identifiziert, nie gesichtet, nie auch nur im Verdacht, dass sie existieren.

Der Kalmar ist nicht das letzte Mosaiksteinchen, sondern eine Tür. Eine unerwartete Tür da irgendwo in der Wand, und wir glauben, dass sie in eine Kammer führt, doch stattdessen öffnet sie sich vor einem grenzenlosen, neuen Horizont, der viel weiter ist als unserer. Bei seinem Anblick begreifen wir, dass wir es sind, die bis jetzt in einer Kammer gesessen haben, in einem vom kalten Neonlicht der Vernunft erhellten Verschlag. Und die Welt ist da draußen, erschreckend unbekannt, wunderbar unbekannt, riesiger als der Riesenkalmar, kolossaler als der Kolosskalmar und unermesslich viel größer als wir.

So verrückt, dass nicht einmal diese gigantischen Kalmare ruhig bleiben können. Sie halten die Augen immerfort offen, weil sie wissen, dass auch ihnen, die groß wie Kriegsschiffe sind, da in zweitausend Metern Tiefe plötzlich etwas begegnen kann, das sie für immer vernichtet.

Dieses Etwas hat das größte Gehirn des Planeten, und seine Exkremente duften himmlisch. Gerade hat es noch einmal tief Luft geholt, nun steuert es auf die Tiefe zu. Und wir mit ihm, mit diesem Wunder, das uns den Atem raubt.

10

Kinder entstehen in der Eisdiele

Weil wir nicht wissen, was im Leben wir wirklich wollen, ist vielleicht die einzige Art, es zu finden, dass wir uns verirren. Gründlich verirren, bis wir nicht mehr wissen, wo wir sind. Dort könnten wir dann darüber stolpern.

Wie Sindbad der Seefahrer, der in *Tausendundeiner Nacht* so oft Schiffbruch erleidet, dass er gar nicht mehr darauf achtet, auf einer unbekannten Insel landet und dort traumhafte Orte findet, mit Bergen aus Kristall und mit Edelsteinen auf dem Boden. Aber das größte Wunder ist eine Quelle, aus der sich eine dunkle Brühe bis ins Meer ergießt, wo Fische sie verschlucken und wieder ausspucken, so dass sie als die seltenste und begehrteste Substanz der Welt ans Ufer zurückkehrt, als Ambra.

Ihr unbeschreiblicher Duft begleitete die Riten des Alten Ägyptens, erfüllte die Paläste der Königinnen des Morgenlandes und machte die Speisen der Sultane einzigartig, während die Ärzte sie zur Heilung von Kopf und Herz verwendeten und ihr eine aphrodisische Wirkung zuschrieben. In

Europa trugen die edelsten Damen einen winzigen, runden Käfig an einer mit Juwelen besetzten Halskette aus Gold, doch die eigentliche Kostbarkeit war sein Inhalt: ein Stückchen Ambra, das die Luft ringsumher reinigte und angeblich die Pest abhielt.

Wenn man also sagt, etwas werde mit Gold aufgewogen, ist das eine Beleidigung für die Ambra, denn sie ist viel mehr wert als Gold. Und es nützt nichts, ein Flussbett durchzusieben oder ins Dunkel eines Bergwerks zu kriechen, denn man findet sie bei einem Spaziergang an der Küste. Dort wird sie an den Strand gespült und landet garantiert in den Händen der reichsten Leute der Welt.

Woher sie aber kommt, war lange Zeit ein Rätsel.

Die wildesten Theorien waren im Umlauf, für die Chinesen war sie der vom Meer kondensierte Atem eines Drachens, für die arabischen Philosophen ein auf dem Meeresgrund wachsender Pilz oder die Frucht einer Unterwasserpflanze, ein in den Tiefen herausgeschleudertes Mineral, eine Mischung aus Honig und Bienenwachs, die in die rollenden Wellen geriet, und immer so weiter. 1667 zählte Justus Fidus Klobius schon achtzehn verschiedene Versionen über die Herkunft der Ambra, mit denen sich Jahrhunderte wissenschaftlicher Debatten und Geschwätz bei Hofe ausfüllen ließen.

Bis zum Abend des 13. Februar 1783, als man sich in der Londoner Royal Society mit einem »Bericht über die Ambra« von Doktor Frank Schwediawer befasst, einem Österreicher, der in England lebt, und da er über keine guten Sprachkenntnisse verfügt, lieber die Fakten sprechen lässt.

Er hat verschiedene Stücke dieser Substanz untersucht

und in keinem Fall »Krallen oder Schnäbel von Vögeln, Federn, Pflanzen, Muscheln oder Fischgräten« gefunden. Was aber niemals fehlt, sind Kalmarschnäbel.

Anfangs konnte er sich das nicht erklären, dann erzählten ihm einige Walfänger leichthin, dass Ambra zwar auch an den Küsten zu finden sei, doch in viel größeren Mengen in den Gedärmen von Pottwalen. Wenn man ein Exemplar sichtet, das sich nur noch mühsam fortbewegt und schwer zu kämpfen hat, muss man es auf der Stelle harpunieren, weil es wahrscheinlich den Bauch voll mit dieser Substanz hat.

Daher wissen wir heute, dass Ambra von den Walen produziert wird, die für gewöhnlich die leckeren, nahrhaften Kalmare und Sepien fressen, allerdings zusammen mit dem steinharten, unverdaulichen Schnabel, der ihnen schwer im Magen liegt. Also legt sich die Substanz um die Schnäbel, schließt sie ein und lässt sie so durch den Darm gleiten, ohne dass sie großen Schaden anrichten, bis sie mit den Exkrementen ausgeschieden wird. Darum ist sie zunächst dunkelbraun und stinkt fürchterlich, aber nach einigen Jahren im Meer wird sie heller und bekommt diesen betörenden Duft.

Kurz, auch in diesem Fall nützten die vielen Diskussionen über Pilze am Meeresboden, Drachenatem und Minerale aus der Tiefe überhaupt nichts, man brauchte bloß die Seeleute zu fragen. Und erfuhr so, dass die liebliche Ambra, die Essenz der Königinnen, das Geschenk der Götter an die Sterblichen, mit dem sie uns eine Kostprobe der Luft gaben, die man im Paradies atmet, die Ausscheidung eines Wals ist, der sich mit Kalmaren den Magen verdorben hat.

Die Parfümindustrie hat nie viel Aufhebens um diese Tatsache gemacht, doch unter den Gelehrten entbrannte eine neue Debatte. Auch deshalb, weil der Pottwal, wenn er extra einen Stoff produziert, um sich vor Kalmarschnäbeln zu schützen, ja offenbar wirklich eine Menge davon frisst. Mehr noch, sein Mageninhalt bestätigt, dass es sich dabei um sein Hauptnahrungsmittel handelt. Er frisst Kraken, Sepien, Rochen, ein paar Haie und verschiedene andere große Fische, doch vor allem viele Kalmare. In einem Pottwal kann man spielend zwischen fünf- und siebentausend Schnäbel finden, es wurden aber auch schon dreißigtausend gezählt. Dreißigtausend auf einen Schlag.

Und wir reden hier nicht von Tintenfischen, wie wir sie essen. Die sind viel zu klein, das wäre so, als wollten wir nur von Blaubeeren satt werden, die wir eine nach der anderen schnurpseln. Ein Pottwal braucht täglich zwei Tonnen Nahrung, und wenn er versuchen würde, die mit Blaubeeren zusammenzukriegen, würde er vorher verhungern.

Er setzt auf mittelgroße Kalmare, die zwei Meter lang und schon ganz passable Häppchen sind. Aber zusammen mit deren Schnäbeln finden sich in seinem Bauch auch anders geformte und viel größere, was uns also nur eines sagt: Ein Pottwal schafft es, sogar Riesenkalmare zu fressen.

Aber nein, das kann nicht sein. Das sind doch riesige Ungeheuer, die in extremen Tiefen leben, und der Pottwal ist ein Säugetier, das Luft zum Atmen braucht wie wir, er kann da nicht runter. Wenn er nicht vorher erstickt, wird er von dem hohen Druck in der Tiefe zerquetscht, oder er stirbt während des langwierigen Auftauchens an einer Embolie, darüber herrscht allgemein Einigkeit.

Das heißt, nicht ganz, denn 1900 kommt Willy Kükenthal, ein deutscher Zoologe, der auch Entdeckungsreisender ist. Er ist hoch bis zum Nordpol und runter bis zum Äquator gefahren und hat in seinem Leben genug Seltsames gesehen, um noch eins draufsetzen zu können: »Ein Pottwal kann bis zu tausend Meter tief tauchen.«

Wir würden uns wohl immer noch ausschütten vor Lachen über ihn, wenn da nicht die Tiefseekabel wären.

Und dies seit der Mitte des 19. Jahrhunderts, als wir ein so langes Kabel verlegten, dass wir per Telegraph Mitteilungen zwischen Amerika und dem Alten Kontinent austauschen konnten. Davor hatte es Wochen gedauert, bis eine Nachricht den Atlantik überquert hatte, und nun, da die Menschheit so schnell und präzise kommunizieren konnte, dachte man, dass genauso schnell Frieden in der Welt einziehen würde.

Aber während wir zwei Jahrhunderte später immer noch auf ihn warten, haben wir in der Zwischenzeit den Grund der Ozeane mit Kabeln überzogen. Ihnen ist es zu verdanken, dass wir in Nullkommanichts eine nackte Frau oder einen nackten Mann sehen können, die sich in Amerika befinden, in Japan oder sonstwo auf der Welt, außer am Nordpol. Dort kommen die Kabel noch nicht hin, aber das ist kein Problem, denn bei der Kälte da oben bezweifle ich, dass die Leute so ohne weiteres nackt sein wollen.

Vielleicht irre ich mich ja auch, was weiß ich. Ich weiß nur, dass, während man noch über Kükenthal lachte und darauf beharrte, dass Pottwale nicht tief tauchen können, ein Boot vor der ecuadorianischen Küste ein Kabel reparieren sollte, das in 513 Metern Tiefe lag und mühsam heraufgezogen worden war, wobei man entdeckte, dass ein lebloser Pottwal daran hing, der sich mit seinem Unterkiefer darin verfangen hatte.

Ein kurzer Augenblick der Verwirrung, dann fand sich eine Erklärung: Der Wal war vorher gestorben, auf den Grund gesunken und durch die Strömungen in das Kabel verwickelt worden. Aber klar doch, so war das, und für eine Weile war man wieder beruhigt. Bis 1932, als zwischen Ecuador und dem Panamakanal ein weiteres Exemplar herausgefischt wird, diesmal komplett umwickelt nach einem langen, unnützen Kampf mit dem Kabel. Dann passiert es noch einmal und noch einmal und dann noch einmal, viele Unfälle in Tiefen von bis zu tausend Metern, und das bis heute, da wir dem Pottwal nun schon erlauben, auch mehr als zweitausend Meter tief zu tauchen.

Aber um das zu glauben, mussten wir ihn erst dort finden, abgestorben, in unseren Kabeln verheddert, als er in der Finsternis am Meeresgrund herumstöberte und diesen langen, dicken Schlauch vielleicht genau für das gehalten hatte, was er suchte: einen riesigen, saftigen Tentakel.

Ja, denn genau das treibt den Pottwal dazu, sich an Orte vorzuwagen, die weit von seinen entfernt sind. Ihm passiert nämlich das, was uns passieren würde, wenn wir uns wirklich nur Blaubeeren schnurpselnd ernähren müssten: Sie schmecken gut, die Blaubeeren, sie schmecken sehr gut, sie sind gesund, und du kriegst davon Augen wie ein Luchs. Aber wenn man dir sagt, dass eine Pfanne Lasagne in der Hölle auf dich wartet, zack, dann stürmst du nach unten und klopfst dort mit wässrigem Mund an.

So auch der Pottwal, der weiß, dass er in der Hölle der

Tiefsee die dicksten Kalmare der Welt findet. Er holt noch einmal tief Luft für die nächsten zwei Stunden, und dann ab in die Tiefe mit seinem mächtigen Kopfsprung und seiner berühmten V-förmigen Schwanzflosse, die wie ein letzter Sonnengruß aus dem Wasser aufsteigt, bevor er verschwindet und uns mit ins rätselhafte Dunkel nimmt.

Einhundert Meter, dann zweihundert, das Licht dringt nicht mehr hinunter, doch die Reise hat gerade erst begonnen, er sinkt tiefer und tiefer, in die totale Finsternis, wo du überhaupt nichts mehr siehst, nicht einmal, wo oben und unten ist. Das ist die richtige Stelle. Das spektakulärste Duell, das imposanteste Schauspiel der Welt findet hier statt, wo es unmöglich ist, es zu sehen.

Es hat nichts mit den Tierkämpfen zu tun, die wir kennen, der Löwe mit der Gazelle, der Hai mit dem Seehund, die Spinne mit der Fliege. Egal ob Savanne, Ozean oder irgendein Winkel in unserer Wohnung, sie begegnen sich auf demselben Terrain. Diese Lebewesen bewegen sich mehr oder weniger in derselben Dimension, eines jagt, das andere flieht, und immer so weiter. Hier unten dagegen ist es ein Kampf zwischen zwei verschiedenen Welten. Das eine Geschöpf atmet Luft wie wir, ein Säugetier mit Lungen, das prustend an der Wasseroberfläche lebt, dessen Hauptnahrungsmittel aber ein Wesen ist, das in der Finsternis der Tiefsee wohnt, die Luft da oben nicht braucht und auch nichts von dort kennt. Die Sonne nicht, den Wind nicht und nicht einmal die Schwerkraft: Im Muskelgewebe des Riesenkalmars ist Ammoniumchlorid eingelagert, so dass er neutralen Auftrieb hat. Das heißt, dass er im Wasser weder sinkt noch aufsteigt, wenn er sich nicht bewegt, er schwebt einfach schwerelos. Seine Bewegungen sind die einer Turnerin bei der rhythmischen Gymnastik mit Band, nur dass seine Bänder zehn kurvenreiche Tentakel von mehr als zehn Metern Länge sind und er seinen Tanz ohne Schwerkraft vollführt. Er ist wie ein Schweben, ein Hauch, ein sanfter Wind. Dabei ist er so groß wie mehrere Autobusse zusammen.

Neben der Fähigkeit zu schweben, verleihen ihm diese Chlorideinlagerungen auch einen stechenden Ammoniakgeruch, der ihn vor unserer Gier nach frittierten Meeresfrüchten bewahrt. Pech für ihn ist nur, dass der Pottwal keinen Geruchssinn und auch keine Geschmackspapillen hat und er folglich ein nicht so wählerischer Esser ist. Er kommt also hier unten mit großem Heißhunger an, mit angehaltenem Atem und gegen alle physikalischen Gesetze anschwimmend, denen wir auf dem Festland gehorchen, und mit einem Kopf, der so hart und dick ist, dass er ein Schiff zum Kentern bringen kann.

Er ist ein Koloss, ist Moby Dick, ist ein fast sechzig Tonnen schweres Kraftpaket und stößt auf den Riesenkalmar, der so lang ist wie er, aber federleicht tanzt, hypnotisch und schlank. Wenn eines Tages endlich Außerirdische auf der Erde landen und so bösartig sein werden, wie die Filme aus den fünfziger Jahren es uns weismachen, wird die Konfrontation zwischen uns und ihnen nicht seltsamer und extremer sein als die zwischen diesen zwei Tieren.

Besonders viel wissen wir ja noch nicht über diese Begegnung. Zum Beispiel ist nicht klar, wie es die ungelenken, langsamen Pottwale anstellen, die Riesenkalmare zu fangen, die sich blitzschnell durch die Tiefe bewegen, im

Nu die Richtung wechseln und mit einem Sprühstoß ihres Siphos wegflitzen. Zwischen beiden Tieren gibt es keinen harten Wettbewerb, nein, es gibt überhaupt keinen Wettbewerb. So wenig wie zwischen einem Pfeil und einem Nachttisch. Oder wie zwischen einer Rakete und dem Ape-Dreirad von Signor Urano, einem lieben Freund meines Großvaters. Oder zumindest gab es ihn so lange nicht, bis Signor Urano den Motor eines Krankenwagens einbaute. Denn von da an, in der kurzen Zeit, bis er gegen die Mauer an der Schule knallte, war ein Duell zwischen Uranos Ape und einer Rakete durchaus denkbar. Aber auf dem Meeresgrund gibt es niemanden, der trickreich deinen Motor frisieren kann, es gibt dort generell keine Tricks.

Das heißt, einen doch, einen Trick muss es geben, sonst wären die Pottwale schon vor Jahrtausenden verhungert. Bloß dass wir ihn nicht kennen.

Vielleicht hat das was mit den Ultraschalltönen zu tun, mit denen sich der Pottwal orientiert, er feuert sie ab wie schallende Breitseiten, sie betäuben den Kalmar, und der Wal kann ihn in Ruhe fressen. Wer weiß. Wir wissen nicht mal, wie Pottwal und Kalmar es überhaupt zustande bringen, sich in der totalen Finsternis der unermesslichen Tiefen zu treffen.

Vielleicht eben durch den Radar des Pottwals. Vielleicht klappt er seinen Unterkiefer herunter und durchkämmt den Meeresgrund auf gut Glück, bis er etwas findet. Oder vielleicht erzeugt das Weiß in seinem aufgerissenen Maul einen Lichtschein, der den Kalmar anzieht.

Oder Pottwal und Kalmar treffen sich ganz einfach so, wie es uns hier oben mit Menschen passiert, die unser Leben wirklich verändern: weil es geschrieben steht, dass wir uns begegnen sollen.

Wie an dem Sommerabend vor ein paar Jahren, vor nicht vielen Jahren, doch immerhin einigen, denn es gab noch keine sozialen Medien, durch die wir wieder mit allen in Kontakt treten konnten – mit Ex-Freunden, Ex-Nachbarn, Ex-Klassenkameraden aus der Mittelschule, aus der Grundschule und sogar aus dem Kindergarten, die uns schreiben, um zu erfahren, wie es uns geht, was wir so machen und ob wir das Problem mit dem Einpinkeln in den Griff gekriegt haben.

Kurz, an jenem Abend schlendere ich die Strandpromenade entlang und gerate an einen, den ich für viel älter als mich halte, das heißt, er ist genau in meinem Alter.

Er starrt mich mit aufgerissenen Augen an, ruft dann ein Mädchen, zeigt auf mich und sagt etwas zu ihr, da sieht auch sie mich ergriffen an. Sie grüßen mich, grüßen mich noch einmal, er kommt auf mich zu und umarmt mich ein wenig steif. Und mit emilianischem Akzent ruft er: »Fabio! Fabio! Mamma mia, wie lange haben wir dich gesucht!«

Er löst sich kurz von mir, lächelt mich an und bemerkt wohl meinen verwirrten Blick: »Du erinnerst dich nicht mehr an mich, stimmt's?«

Also antworte ich, wie es sich gehört, wenn man sich nicht erinnert, wenn man wirklich keinen Schimmer hat, wer die Person sein könnte, die dich das fragt. Man muss große Augen machen und sagen: »Was? Machst du Witze? Natürlich erinnere ich mich, sehr gut sogar, und mit dem größten Vergnügen. Ach, hast du etwa gedacht, ich weiß nicht mehr, wer du bist?«

»Na ja, weißt du, es ist lange her.«

»Stimmt, sehr lange, wir waren zwanzig!«, werfe ich hin. Das ist gewagt, aber nicht sehr: Aus Gründen, die mit meiner damaligen Freizeitgestaltung zu tun haben, gibt es gut ein Jahrzehnt in meinem Leben, das einem langen, sonderbaren Traum ähnelt, mit einzelnen Bildern, die manchmal auftauchen und wieder verschwinden, aber was genau, oder auch weniger genau, damals passiert ist, weiß ich nicht mehr.

Tatsächlich nickt der Unbekannte. Und die Unbekannte auch. Dann sagt er mir seinen Namen und die Umstände, und endlich wird mir klar, dass er der Freund eines Freundes war, nur einen Sommer im Urlaub in Forte dei Marmi, wirklich mit zwanzig, und wir waren uns sympathisch, weil wir beide auf die Metal-Band Sepultura standen.

»Erinnerst du dich noch an den letzten Abend, bevor ich nach Modena zurückfuhr und wir uns zum Abschied in der Eisdiele treffen wollten? Also, ich war da und habe eine Stunde auf dich gewartet, aber du bist nicht gekommen.«

»Was? Wirklich? Nicht doch, entschuldige, ich … jetzt weiß ich gar nicht mehr, wieso, aber es muss was dazwischengekommen sein, garantiert, und es gab noch keine Handys, um Bescheid zu sagen, und … und also wirklich, entschuldige, aber …«

»Kein Problem, Fabio, du musst dich nicht entschuldigen! Im Gegenteil, wir suchen dich schon eine halbe Ewigkeit, um dir … *zu danken*!«

Genau das sagt er, mit einem so strahlenden Lächeln, wie es auf der ganzen Welt nur noch bei dem Mädchen neben ihm zu finden ist.

»Danke, danke, danke. Denn ich habe an dem Abend schließlich allein Eis gegessen und in der Eisdiele sie kennengelernt, die auch allein Eis gegessen hat. Wir haben uns zusammengetan, haben geheiratet, und so ist auch *sie* gekommen!« Beide zeigen hinter mich auf den Gehweg, wo ein kleines Mädchen mit sehr langen Haaren herumhüpft und sich dabei in einem Schaufenster betrachtet. Sie heißt Elisa, sie rufen sie bei diesem Namen, die Kleine dreht sich um und winkt mir zu, als würde auch sie mich kennen.

Und während sie mir weiter erzählten, wie sie miteinander ins Gespräch gekommen waren, wo sie sich wiedergesehen hatten, was sie beruflich taten und wieso sie in diesem Jahr noch einmal hier Urlaub machten, hörte ich ihnen gerade so aufmerksam zu, wie es nötig war, um entsprechend zu nicken, dachte aber eigentlich über das Leben nach, unser wackliges Leben, das wir die ganze Zeit über bewerten, abwägen und planen, dabei kommen die wichtigsten Dinge immer einfach so, per Zufall oder aus Versehen, oder weil ein Blödmann mit dir zum Eisessen verabredet ist, es aber vergisst und dich versetzt, so dass du deine zweite Hälfte triffst und nie mehr allein sein wirst.

Kurz, in gewisser Weise habe ich dafür gesorgt, dass dieses Paar zusammengekommen ist und geheiratet hat, und dass ein Kind geboren wurde. Das ist wirklich passiert, vor ein paar Jahren.

Inzwischen sind sie geschieden, aber ohne großen Streit. Die Kleine wohnt ein wenig bei beiden, hat immer noch sehr lange Haare und spielt Klavier. Vielleicht ist ihm was Besseres begegnet, oder vielleicht ihr, und das ist schon in Ordnung. Eben weil es keine Rolle spielt, was du tust, wo du bist und was du willst, wenn du jemandem begegnen sollst, dann begegnest du ihm, Schluss, aus. Das Leben besteht aus einer Menge Zufälle, die alle zusammen über dich hinweg rollen, doch wenn du dich mal kurz umdrehst und dir ansiehst, wie du bis hierhergekommen bist, erkennst du, dass die wichtigen Momente genau dann kamen, als sie sollten, um deinen Weg zu bestimmen.

Und vielleicht ist das auch bei dem Pottwal und dem Riesenkalmar so, da unten in der Finsternis der Tiefsee. Sie begegnen sich aus dem gleichen Grund ohne Grund: weil sie sich begegnen müssen.

Und wenn das passiert, gibt es ein spektakuläres Schauspiel.

Wir können es nur ahnen, angesichts der großen, runden Narben, die die Saugnäpfe der Kalmare am Maul der Pottwale hinterlassen, und nach den Erzählungen der wenigen Glücklichen, die die letzten Augenblicke eines solchen Kampfes mitangesehen haben, wenn der Wal schon wieder an der Wasseroberfläche ist, der Kalmar aber partout nicht sterben will.

Frank Bullen, zum Beispiel, der mit neun Jahren auf der Straße lebte und mit achtzehn auf Schiffen um die Welt fuhr, hat in seinem Leben so manches Abenteuer erlebt. Und doch erinnert er sich an jene Vollmondnacht auf dem Indischen Ozean in der Straße von Malakka als an das »Unglaublichste, was ich je gesehen habe«.

Es sei ihm verziehen, dass die Pferde ein bisschen mit ihm durchgehen, als er erklärt, der Zweikampf sei so heftig gewesen, dass er ihn zunächst für einen Vulkanausbruch auf der nahegelegenen Insel Sumatra gehalten habe. Auch Melville schreibt im *Moby Dick*, dass der Kalmar, um nicht aus der Tiefe gerissen zu werden, sich mit Armen am Meeresgrund festklammert, deren Zahl unendlich ist und die an »ein Nest voller Anakondas« erinnern. Das ist verständlich, und so ist es nur recht und billig, wenn auch wir mitten in diesem Tumult ein kleines bisschen übertreiben, wo die Phantasie von der Realität herausgefordert, übertrumpft und – nunmehr atemlos – in die Knie gezwungen wird.

Auch den Männern eines sowjetischen Walfängers blieb 1965 eines Morgens der Atem weg, angesichts der Zuckungen eines vierzig Tonnen schweren Pottwals, den die Tentakel eines gigantischen Kalmars erdrückten, der ihn hartnäckig umklammerte und zugleich ebenfalls starb, da der Wal bereits seinen Kopf verschlungen hatte.

Aber wenn die Berichte über Kämpfe an der Oberfläche auch äußerst selten und außergewöhnlich sind, handelt es sich in der Tiefsee doch um normale Ereignisse, die sich jeden Tag abspielen.

Und tatsächlich denke ich jeden Tag daran. Ich denke oft, sehr oft daran, in meiner alltäglichen Umgebung. Und irgendwie macht mir diese ferne, abgrundtiefe Realität das Leben hier auf dem Festland angenehm.

Denn ich bin vielleicht am Bahnhof, und der Zug hat Verspätung, oder ich sitze im Auto auf dem Weg zu einem Ort, den ich nicht finde, oder in der Pizzeria, wo ich auf die Pizza warte, oder ich höre einem Freund zu, der traurig ist, oder meiner Tante, der die Beine weh tun, oder dem Mechaniker, der sagt, ich soll die Motorhaube öffnen, und

ich weiß nicht wie. Dann gleite ich plötzlich in diese Vorstellung ab, in diesen Tagtraum, der aber real ist und in dem
da unten in den dunklen Tiefen des Meeres gerade ein Pottwal und ein Kalmar von jeweils Dutzenden Metern Länge
und tonnenschwer auf Tuchfühlung miteinander kämpfen
und in der Umklammerung ellenlanger Tentakel und im
Schraubstock von Zähnen, von denen jeder ein Kilo wiegt,
zugleich tanzen, um auszutragen, wer von ihnen einen Tag
länger leben wird.

Und ich stelle mir vor, wie diese beiden riesigen Geschöpfe mitten in ihrem wütenden Duell plötzlich innehal-
ten, ihre großen Augen in meine Richtung drehen und mich
entdecken, wie ich winzig und mit sorgenvoller Miene auf
einem Felsen auf dem Meeresgrund hocke. Und mit ihren
Mäulern voller Keuchen und Fleisch und Gemetzel fragen
sie mich: »Oh, was hast du denn?«

Und ich nach einem tiefen Seufzer: »Na, der Zug hat
zehn Minuten Verspätung, ich schätze, ich verpasse den
Anschluss nach Sarzana.«

Oder: »Ich glaube, sie mag mich, aber ich verstehe nicht,
warum sie manchmal so tut, als gäbe es mich gar nicht,
und …«

Oder noch ein anderes der unzähligen Steinchen, die uns
auf der Seele liegen und uns herunterziehen. Es ist egal,
welches, denn die Reaktion der beiden ist immer die gleiche: Der Pottwal und der Riesenkalmar starren mich, eng
umschlungen und reglos, lange an, wechseln dann einen
Blick und schauen erneut zu mir. Und: »Tja, wirklich, das
sind schon Probleme, klar …, aber jetzt warte erst mal, wir
haben hier nämlich auch noch ein bisschen zu tun. Bleib,

wo du bist, oder geh vielleicht kurz mal beiseite, und wenn möglich, verpiss dich.«

Das sagen sie zu mir, das letzte Wort schon vom Kampf zerbissen, der sofort wild weitergeht, den Meeresgrund aufwühlt, auch mich aufwühlt und mich wegfegt, zusammen mit allen Ängsten und all dem kleinen Schwachsinn, mit dem wir uns erfolgreich das Leben versauen.

Aber auch bei den seltenen, äußerst seltenen Gelegenheiten, bei denen es nicht um irgendeinen Schwachsinn geht, sondern um ernste Probleme, um wahre Kämpfe, die wir bestehen müssen und die so gigantisch sind wie der dieser beiden, ja, auch dann gibt es mir Kraft, an den Riesenkalmar da unten zu denken und an sein Duell mit dem Pottwal, das er immer und ewig austrägt, und dieser Gedanke trägt mich fort, weit, weit fort.

Wohin genau, weiß ich nicht, doch Genauigkeit nützt ja auch nichts in unserer verrückten Welt. In der es den Kraken gibt und den Weihnachtsmann und mit ihnen wer weiß noch wie viele Wunder. In der der Pottwal und der Riesenkalmar unentwegt miteinander kämpfen und dabei ein so grandioses Schauspiel geben, dass wir es uns kaum vorstellen können. In der wir hoffen, ein Stückchen Kacke zu finden, um es bei uns zu tragen. In der Dinosaurier etwas ganz Normales waren und einer von ihnen bis heute überlebt hat, weil er der Lava und den Meteoriten ausgewichen ist, um mal nachzusehen, was wir so treiben. In der Kinder vielleicht nicht auf dem Kohlfeld gefunden oder vom Klapperstorch gebracht werden, aber doch dadurch geboren werden, dass ein Blödmann eines Abends vergisst, dass er ein Eis mit dir essen gehen wollte.

Daran denke ich, immer wieder, und ich fliege fort. In den Himmel oder ins Meer, das ist egal, und ständig tanzt dasselbe Wort in meinem Mund wie ein Mantra, das die Ängste, die Gedanken und Unmengen von Ballast aus unserem blöden Kopf spült:

Riesenkalmar, Riesenkalmar, Riesenkalmar.

Während mein Zug sich immer mehr verspätet: *Riesenkalmar.*

Während mein Auto den Geist aufgibt und es zu regnen anfängt: *Riesenkalmar.*

Während ich auf eine Nachricht warte, die nicht kommt, während mich die Service-Hotline seit einer halben Stunde mit einer Roboterstimme hinhält, während Italien die Weltmeisterschaft gewinnt oder ich meinen Wohnungsschlüssel verliere, bin ich eigentlich woanders, in den Tiefen des Meeres oder oben während der Flut, die steigt und steigt, und wohin sie mich bringt, weiß ich nicht und will ich nicht wissen.

Ich reiße nur die Augen weit auf, um diesen unermesslichen Horizont aufzunehmen, wo nichts mehr einen Sinn hat und somit alles einen haben kann, alles sein und passieren kann.

Denn wenn es den Riesenkalmar wirklich gibt, dann gibt es keinen unerfüllbaren Traum mehr, keinen aussichtslosen Kampf mehr, keine unmögliche Liebe mehr.

Und es kann sein, dass unsere Träume alle auf dem Müll landen, wir einen wichtigen Kampf nach dem anderen verlieren und unsere große Liebe uns nicht mal einen halbherzigen Kuss gibt, bevor sie endgültig verschwindet. Das macht nichts, es wird trotzdem sinnvoll gewesen sein, daran zu glauben und es probiert zu haben, zu kämpfen und zu lieben.

Während ein tiefer Atemzug uns die Brust weitet, uns umfängt wie ein mächtiger Tentakel und uns mit einem Lied fortträgt, das nach Salzwasser und Staunen schmeckt, nach Paradies und Zuhause, und das geht so:

Riesenkalmar, Riesenkalmar, Riesenkalmar.

Riesen.

Kalmar.

11

Alles ringsumher tanzt

Gehen wir kurz noch mal zurück, zu etwas, was überhaupt nicht hierher gehört, und zugleich doch wieder sehr.

Sommer 1831. Die Straße von Sizilien zwischen Sciacca und der Insel Pantelleria. Seit einigen Tagen gibt es heftige Erdstöße, die sogar in Palermo zu spüren sind, von den Booten sieht man Rauchsäulen aus dem Meer aufsteigen, und die Fischer finden die Fische schon gut durchgebraten auf dem Wasser.

Der Rauch nimmt zu, das Meer brodelt, und in der Nacht vom 10. auf den 11. Juli verhält sich der Vulkan auf dem Meeresgrund so wie wir, wenn wir etwas Schlimmes für uns behalten, es aber größer und größer wird, bis wir es nicht mehr aushalten und den Mund aufmachen, um die glühende Lava und den ganzen Mist auszuspucken, den wir viel zu lange für uns behalten haben.

In unserem Fall entstehen daraus Dramen und jede Menge Stress, und wahrscheinlich geht eine Freundschaft in die Brüche, eine Liebe, eine glückliche Familie.

Im Fall der Straße von Sizilien dagegen entsteht in dieser Nacht eine Insel.

Kaum vier Quadratkilometer groß, gerade richtig für eine Fahrradtour, allerdings ist es ein beträchtlicher Unterschied, wenn du in die Pedale treten kannst, wo du vorher nur auf dem offenen Meer ertrunken wärest.

Interessant ist die Insel aber weniger unter sportlichen Gesichtspunkten. Sie ist ein neuer strategischer Stützpunkt für den Handel und für militärische Manöver im Mittelmeer.

Als Erstem fiel sie Friedrich Hoffmann auf, einem deutschen Geologen, der damals zur Erforschung der Vulkane auf Sizilien war und keinen günstigeren Zeitpunkt hätte wählen können. Aber schon in die Segel des zweiten Ankömmlings bläst ein anderer Wind als der des Zufalls: Admiral Sir Percival Otham eilt herbei, um das neue Land im Namen Seiner Majestät in Besitz zu nehmen, und am 24. August pflanzt Kapitän Jenhouse die britische Flagge auf der Insel auf, die er Graham Island nennt.

Die Bourbonen, Herrscher über das Königreich beider Sizilien, protestieren scharf, weil sich die Insel vor ihrer Küste befindet und folglich ihnen gehört. Was haben die Engländer da zu suchen? Die Franzosen fackeln nicht lange und entsenden eine Brigg, um die britischen Ziele zu durchkreuzen. An Bord ist der Geologe Constant Prévost, der nach dreitägigen Messungen auf die Brüchigkeit des Felsgesteins hinweist, das in den Wellen bereits wieder zerbröckelt, so dass ein plötzlicher, totaler Zerfall wahrscheinlich ist.

Aber kein Mensch hört ihm zu, auch seine Gefährten nicht, die bereits dabei sind, den höchsten Punkt der Insel zu suchen und dort die französische Flagge hissen. Sie nennen die Insel Julia.

Ferdinand II. von Bourbon schickt nun seinerseits die Kanonenkorvette *Etna*, um dort die bourbonische Fahne flattern zu lassen und die Insel Ferdinandea zu nennen. Als Antwort entsenden die Engländer eine gefechtsbereite Fregatte.

Doch in der Zwischenzeit, während das Schreckgespenst eines Krieges am Horizont erscheint, tragen die Meereswellen das Inselchen Stück für Stück ab. Bis zum 8. Dezember – die Spannung zwischen den Regierungen ist auf dem Höhepunkt –, als die Brigg *Achille* dort vorbeikommt, den Horizont absucht und meldet, dass es die Insel nicht mehr gibt.

Das Meer hat mit ihr das gemacht, was meine Mutter mir immer androhte, wenn ich wirklich unerträglich war: »Pass bloß auf, Fabio, genauso wie ich dich angeschafft habe, kann ich dich auch wieder abschaffen!«

Die Insel ist im Nu aus dem Wasser aufgetaucht und im Nu wieder verschwunden, mitsamt den ganzen Fähnchen, den verschiedenen Namen, die ihr in ihren drei Monaten Lebenszeit verpasst wurden (Graham, Julia, Ferdinandea, Corrao, Nerita, Hotham, Sciacca …), und dem ganzen Irrsinn des Menschengeschlechts.

Das heißt, ein bisschen Irrsinn war noch auf dem Vormarsch, als nämlich 1986 ein US-amerikanisches Militärflugzeug, das dieses Gebiet überflog, ihre felsigen Umrisse unter der Wasseroberfläche entdeckte, sie für ein libysches U-Boot hielt und ausgiebig bombardierte.

Und wenn schon dieses Hickhack um ein bröckliges

Fleckchen Land vor der sizilianischen Küste reichlich absurd ist, wird es völlig verrückt, wenn man bedenkt, dass es im Pazifik eine andere Insel gibt, die so groß ist wie drei Mal Frankreich, fünf Mal Deutschland oder sechs Mal Italien, und wir alles Recht der Welt hätten, unsere Flagge darauf zu pflanzen, weil wir sie geschaffen haben, aber keiner diese Insel haben will.

Sie ist da, kaum zu glauben, doch es gibt sie wirklich, wie die zahllosen Verrücktheiten der Natur, denen wir auf unserer schlingernden Reise begegnet sind: eine riesige Insel zwischen Japan und Hawaii, komplett aus Plastik.

Vielleicht ist sie sogar noch unglaublicher als der Riesenkalmar, als sein Kampf mit dem Pottwal, als der Kraken und der Quastenflosser, der Weihnachtsmann, das Schlaraffenland und alles andere. Denn das konnten wir uns alles vorstellen, und seit Jahrhunderten erzählen die Legenden davon, aber zu dieser Insel konnte selbst die wildeste Phantasie nicht gelangen.

Bis zum Jahr 1997, als Charles Moore eines Tages von einer Segelregatta aus Australien zurückkehrte und sein Boot mitten hineingeriet. Die Weiterfahrt war schwierig, weil der Bug durch ein Müllfeld pflügte, das sich bis zum Horizont erstreckte, und so hielt Moore sich die Nase zu und steuerte in der Hoffnung, dieses Grauen schnellstens hinter sich zu lassen, geradewegs hindurch.

Er brauchte eine Woche.

Und landete todunglücklich, mit einem verdreckten Boot und mit einer schrecklichen Nachricht für die Welt im Hafen.

Der diese mehr als anderthalb Millionen Quadratkilometer große, aus 80 000 Tonnen Müll bestehende, surreale Realität inzwischen bestens bekannt ist.

Noch absurder als diese Realität, als die Kämpfe um die Insel Ferdinandea, als die zahllosen Wunder, von denen wir bisher erzählt haben, und als das, was uns noch alles einfallen könnte, ist allerdings die Entstehungsgeschichte dieses neuen Müllkontinents.

Denn alles beruht auf einer Tatsache, die für uns selbstverständlich, banal und alltäglich ist, dass nämlich die Menschen, um Einwegprodukte zum Wegwerfen herzustellen, ein nahezu ewig haltbares Material verwenden.

Damit, mit diesem völlig normalen, völlig banalen Wahnsinn, hat alles angefangen, und damit hört es auch auf. Denn die Plastikdinge, die wir auf der Erde anhäufen, sind wie manche lästigen Verwandten, die uns spontan besuchen kommen: Sind sie erst einmal da, wird man sie nicht mehr los.

Die Natur ist etwas Einzigartiges, bestehend aus kleinen Teilen, in die sie zerfällt und aus denen sie sich zu neuen Formen und Stoffen zusammenfügt. Holz, Papier, Steine, Pflanzen, Apfelgriebse, Brotkrümel, Spucke auf dem Boden und wir, alles mischt sich und nutzt sich ab, bis es verschwindet und Teil von etwas anderem wird. Nur Plastik nicht, das bleibt. Darum sollten wir es nur für Dinge verwenden, die unser Leben lang halten sollen, die bei uns bleiben, während wir heranwachsen und altern, und dann an unsere Lieblingskinder weitervererbt werden können, weil wir dann zwar am Ende sind, das Plastik aber immer noch da ist, wie neu, und bereit für die nächste Runde.

Stattdessen produzieren wir aus diesem Material durchsichtige Gabeln, die nach dem zweiten Bissen zerbrechen, und Feuerzeuge, die bei drei Zigaretten funktionieren und dann nicht mehr. Wir kommen mit einer Plastikkiste für eine Handvoll Kirschen aus dem Supermarkt, die die Größe eines Müllcontainers hat, und bewahren unser Wasser in Fläschchen auf, die in einer Minute ausgetrunken sind, dann aber – leer und nutzlos – wenigstens ein halbes Jahrtausend halten.

Und da haben wir den Wahnsinn, Plastik wird weggeworfen. Und bleibt ewig.

Schlimmer noch, Plastik bleibt nicht, es wandert.

Es heißt, alle Wege führen nach Rom, aber ich habe dort mal sechs Stunden auf dem Autobahnring zugebracht und versucht, in die Stadt zu kommen, am Ende habe ich klein beigegeben und bin nach Viterbo gefahren. Doch alle Wege führen zum Meer. Und so wandert Plastik zwar auf tausend verschiedene Arten ständig durch die Welt, landet am Ende aber immer im Meer.

Manchmal ist es eine kurze Reise ohne Umwege, weil du dich nach einem Strandtag entspannt und unbeschwert fühlst und keine Lust hast, dieses Wohlbehagen damit zu verderben, dass du dich auf die Suche nach einem Mülleimer machst, es ist einfacher und erholsamer, deinen Abfall liegen zu lassen, und ab nach Hause mit einem Lächeln. Auch für die großen Handelsschiffe ist das bequemer, für die Millionen Euro teuren Jachten und für die am Strand gemieteten Tretboote. Die Neigung, unseren Fußabdruck in Form einer langen Müllspur zu hinterlassen, ist sehr demokratisch und vereint alle sozialen Klassen.

So viel zu den kürzesten, direkten Wegen, sie werden allerdings am wenigsten genutzt. Achtzig Prozent des Plastikmülls gelangt auf längeren Umwegen ins Meer. Er startet im Landesinneren und folgt hauptsächlich den Flüssen, die durch unsere Gegend fließen und unseren Abfall aufnehmen. Die Flüsse sind die Adern der Erde, und wenn die Erde verdreckt ist, sind sie, die sich irgendwann ins Meer ergießen, es auch.

Ein Teil dieser Abfälle dreht eine kleine Runde in den Strömungen, dann spülen die Wellen ihn wieder ans Ufer. Wie den russischen Salat von Signora Franca, der miserabel war, ich habe ihn im Alter von zehn Jahren nur ein einziges Mal probiert, und ich habe geweint. Doch sie war immer schrecklich schnell beleidigt, und so musstest du, wenn sie dir welchen brachte, vor Freude überschnappen und dich eine halbe Stunde lang bei ihr bedanken, bevor du ihn an irgendeinen Nachbarn weitergereicht hast. Der ihn an den nächsten weiterreichte und dieser wieder an den nächsten. Der russische Salat wanderte durch das ganze Viertel, und nach vielem Hin und Her landete er schließlich wieder bei Signora Franca.

So machen es die Wellen mit unserem Müll, sie tragen ihn hierhin und dorthin, aber am Ende schleudern sie ihn auf den Strand zurück, weshalb jede Sturmflut zu einem Trauerspiel wird.

Als ich klein war und nachts das wütende Meer hörte, das anstieg, um sich das Festland zu holen, konnte ich nicht schlafen, und es kribbelte mir in den Beinen, weil ich am Morgen hinlaufen wollte, um die Schätze zu finden, die es für mich am Ufer zurückgelassen hatte. Holz in allen Formen und Größen, durch seine Kraft entrindete Äste, Wurzeln und Baumstämme und manchmal ganze Bäume, hingepflanzt, als wären sie aus dem Nichts im Sand entstanden und gewachsen. Algen in hundert Farben, Muscheln und Seesterne, Gräten und von der Ebbe überraschte Fische, Krabben und Einsiedlerkrebse. Und ab und zu, hier und da ein Stück Plastik. Doch das war die Ausnahme, etwas Seltsames, das mich nicht einmal störte. Und da ich ein etwas romantisches und ziemlich dummes Kind war, bewunderte ich das Schauspiel am Strand wie ein großes Kunstwerk, vom Meer nicht mit einem Pinsel gemalt, sondern mit seinen Wellen, auf eine große Leinwand aus Sand. Ein abstraktes Werk aus unzähligen Formen und Farben, und als ich es betrachtete, war mir, als könnte ich einen Sinn oder eine Botschaft darin erahnen.

Heute dagegen laden die Sturmfluten so viel Plastik ab, dass da nichts Abstraktes mehr ist, inzwischen sind das Werke der Anklage, und sie haben nur eine Botschaft, klar und bitter. Aber die wollen wir nicht hören, im Meer schwimmt immer mehr Plastik, und was die Wellen wieder aufs Festland schleudern können, ist nur ein Bruchteil davon.

So gut wie nichts kommt nämlich ans Ufer zurück, das meiste beginnt eine abenteuerliche Reise aufs Meer hinaus, wird von immer stärkeren Strömungen erfasst, bis es in den Tanz der Wirbel gerät, die die Ozeane beherrschen, fünf große, kreisförmige Bewegungen, ausgelöst durch die Erdrotation und den Einfluss der Winde.

Auf diese Weise gerät das Plastik in eine riesige Spirale, kreiselt auf das Zentrum zu und ballt sich dort zusammen, verdichtet sich und wird zu unserer berüchtigten Müllinsel. Sie besteht aus kleinen und gröberen Teilchen, die nach einer langen Zeit dort in der Mitte in noch kleinere Teilchen zerfallen, bis sie ganz verschwinden.

Hier mag so mancher aufatmen und erleichtert sagen: »Also, wo ist das Problem? So viel Theater, so viel Aufregung, und dabei verschwindet es doch von selbst!«

Aber gerade das ist das Problem. Plastik wird zwar für uns unsichtbar, doch es ist immer noch gefährlich, und je kleiner es wird, umso leichter dringen seine Teilchen überallhin.

Wir nennen sie Mikroplastik, und die winzigen Meeresbewohner halten sie für Nahrung und fressen sie. So gelangen die toxischen Substanzen in die große Nahrungskette und beginnen aufzusteigen: Die kleinen Lebewesen werden von größeren gefressen, die ihrerseits im Bauch von noch größeren landen, wie in einer mit immer mehr Plastik gefüllten Matroschka, bis zu den großen Raubfischen wie Thunfisch, Bernsteinfisch, Lachs und anderen, die uns alle so gut schmecken. Und so kommt das Plastik nach langen Reisen durch die Welt direkt zurück zu uns in den Mund.

Jeder von uns nimmt ungefähr fünf Gramm Plastik pro Woche zu sich. So als würden wir jeden Montagmorgen eine Kreditkarte essen. Das ist nicht gerade das ideale Frühstück, gibt nicht die richtige Energie und ist auch keine Gaumenfreude. Aber so liegen die Dinge.

Und während wir uns mit Mikroplastik vollstopfen, schaut das Makroplastik nicht etwa tatenlos zu. Unzählige Tiere sterben daran.

Sie fressen es oder verheddern sich darin, oder es bleibt

ihnen im Hals stecken, wenn sie auf Nahrungssuche das Wasser filtern. So kommt es zum Beispiel, dass wenigstens ein Drittel der vor Griechenland gestrandeten Pottwale voller Plastik ist und stirbt, weil sie nicht mehr fressen oder atmen können.

Nach jahrhundertelangen Gemetzeln haben wir 1986 die Jagd auf sie verboten, doch wir töten sie weiterhin, auf eine langsamere und schmerzhaftere Art. Nur mit dem Unterschied, dass wir sie früher aßen, ihr Öl für unsere Lampen benutzten und sie auch anderweitig verwerteten, während wir heute ihrem Todeskampf an den Küsten unseres Planeten zuschauen und dabei ein paar Tränen vergießen.

Und wenn wir zufällig eines dieser Tiere sehen, die an den Küsten der Welt sterben, verstehen wir sofort, was sie denken. Nicht etwa: »Warum tust du mir das an?« oder »Merkst du nicht, dass du gerade mein Zuhause vergiftest?« Nein, das wären menschliche Überlegungen, kompliziert und anklagend. Tiere suchen keine Schuldigen, fällen keine Urteile, und wenn sie sterben, ist ihr einziger Gedanke klar und deutlich in ihren weit aufgerissenen Augen zu lesen:

»Verdammt noch mal, was ist hier los?«

Da ist kein Hass, da ist keine Wut, nur ein enormes Erstaunen. Denn was los ist und warum sie denn jetzt reglos und verloren hier liegen, können sie wirklich nicht verstehen.

Die Schildkröte versteht nicht, dass die appetitliche Qualle in Wahrheit eine Einkaufstüte ist, die Meeresvögel verstehen nicht, dass die Plastikstücke keine Muschelschalen sind, der Pottwal versteht nicht, dass das da auf dem Meeresgrund kein Tentakel ist, sondern ein riesiges Kabel

aus Gummi und Metall. So wie die Vögel über den Flug-
häfen die Düsentriebwerke der Flugzeuge nicht verstehen,
die sie ansaugen und zerschreddern. So wie Kinder nicht
verstehen, wenn sie etwas Schlimmes und Ungerechtes sehen, und dann die Erwachsenen nach dem Grund fragen.
Und die häufigste Antwort, die sie bekommen, ist auch die
entsetzlichste: »Wenn du groß bist, wirst du das verstehen.«

Und das soll nicht heißen, dass du dann intelligenter,
scharfsichtiger und weiser sein wirst. Nein, es heißt nur,
dass du mit zunehmendem Alter zynischer und bitterer
wirst und dich mit Ungerechtigkeiten, Schweinereien und
Abscheulichkeiten abfindest. Es stimmt nicht, dass man
klug sein muss, um etwas zu verstehen. Auf der Welt passieren Dinge, die man nur versteht, wenn man ein ausge-
machter Idiot ist.

Aber in der Zwischenzeit sterben die Tiere, auch ohne zu
verstehen, stirbt das ganze Meer, und das Plastik darin wird
jeden Augenblick mehr, überall auf dem Planeten.

Die Plastikinsel im Pazifik ist die größte und bekannteste,
doch es gibt noch vier weitere unterwegs auf den Ozeanen,
eine sogar im Mittelmeer, zwischen Elba und Korsika. Sie
besteht aus über fünf Trillionen Plastikteilen, die auf dem
Wasser treiben, doch Schätzungen zufolge gibt es in den
Tiefen noch einmal mehr als die doppelte Menge. Auch in
der Finsternis, wo der Riesenkalmar schwimmt, und noch
tiefer. Die tiefste Stelle der Weltmeere ist der Marianengra-
ben, und die tiefste Stelle der tiefsten Stelle ist das Challen-
gertief, es geht fast 11 000 Meter hinunter und ist praktisch
ein anderer Planet. Dort unten ist vor kurzem ein U-Boot
gelandet, das mit seinen Bordwänden aus einer Titanle-

gierung tatsächlich wie ein Raumschiff aussieht, es konnte nicht lange da unten bleiben, schaffte es aber noch, neue, mysteriöse Mollusken und andere unbekannte Lebensformen zu finden. Zusammen mit einer Plastiktüte und einer Snackverpackung.

Snacks, in 11000 Metern Tiefe.

Wenn wir also dem Alltagsstress entfliehen wollen und in unserer Phantasie zu abgelegenen Atollen und einsamen Inseln im unversehrten Herz der Weltmeere reisen, handelt es sich wirklich um Orte, die nur noch dort existieren, in unserer Phantasie, denn die berühmten »unberührten Paradiese« kennen wir inzwischen nur noch vom Hörensagen. Das einzige noch unberührte Paradies ist vielleicht eben das oben im Himmel, und weil wir uns so benehmen, wie wir uns benehmen, kommt der Mensch nur höchst selten dorthin.

So geht das nun schon eine ganze Weile. Heute spricht man mehr darüber als in der Vergangenheit, man veranstaltet Events, Initiativen und viele Diskussionen mit Schülern. Diskussionen, ja genau, und mir scheint, sie sollen nur dafür sorgen, dass wir uns besser fühlen. Denn zugleich benutzen und entsorgen wir heute viel mehr Plastik denn je. In den letzten zehn Jahren wurde mehr Plastik produziert als im ganzen letzten Jahrhundert zusammen.

Und wenn wir uns fragen, warum, gibt es nur eine Antwort: weil Plastik wenig kostet.

Plastik kostet wenig.

Plastik. Kostet wenig.

Ich habe schon viel Schwachsinn in meinem Leben gehört und noch mehr Schwachsinn geredet, aber das hier übertrifft alles.

Plastik kostet wenig, und ungefährlichere Alternativen würden zu viel kosten.

Genauso wie wenn du ein Kind bekommst: Das ist pure Liebe und Vergötterung. Wie es mit seinen winzigen Händchen greift, wie es den Mund verzieht, wenn es träumt, wie es dich ansieht, erstaunt und glücklich, und dann sein plötzliches, strahlendes Lächeln, das dir den Atem raubt.

Trotzdem wirst du, wenn du es mal einen Moment beiseitelegst und kurz nachrechnest, dieses Kind ernähren und kleiden müssen, damit es gut und schnell heranwächst, seine Sachen und seine Schuhe werden ihm wirklich täglich zu klein, und du musst neue kaufen und auch Geschenke und Spielzeug, du musst die Gebühren für die Kita und später für die Schule bezahlen, die Bücher und die Schulrucksäcke, die Fahrräder, den Motorroller und das Auto, einige Reisen mit seinen Freunden und … und, kurz, dieses Kind ist süß und goldig, aber es ist auch dein Ruin. Es kostet ein Vermögen, ja, *es kostet zu viel*: Da ist es doch ratsamer, es sofort aus dem Fenster zu werfen und Schluss.

Eine idiotische, ungeheuerliche Entscheidung, natürlich, aber genau das machen wir tagtäglich, wenn wir Plastik verwenden. Nur dass wir viel weniger Skrupel haben, es aus dem Fenster zu werfen, denn von dort aus geht es auf seine lange Reise, weit weg, und wir denken nicht mehr daran. Und es ist ja auch nicht dasselbe, wie wenn du deinem Kind etwas antust. Trotzdem machen wir fröhlich, unverschämt und knausernd genau das: Wir verurteilen unsere Kinder dazu, in einer Welt zu leben, in der es ihnen nie mehr gutgehen kann.

Dabei lieben wir unsere Kinder. Sie sind unsere Freude,

unser Lebensinhalt, sind das Wichtigste im ganzen Universum. Aber das ist nichts wert.

Die eigenen Kinder zu lieben, ist denkbar einfach, alle können das, sogar die schrecklichsten Menschen auf der Welt. Die Geschichte ist voll von erbarmungslosen Königen und Königinnen, Generälen, Diktatoren und Päpsten, die, um ihre Nachkommen zu begünstigen, ganze Länder niedergemetzelt haben, und Hitler hatte zwar keine Kinder, aber wenn doch, dann hätte er sie über alles geliebt und das Volk im Dritten Reich gezwungen, sie zu vergöttern, wenn es nicht grausam ausgerottet werden wollte. Auch Killer und Mafiabosse beharren stets auf dem heiligen Wert der Familie und auch darauf, wie sehr sie die eigenen Kinder lieben, während sie die Kinder der anderen in Säure auflösen.

Aber gerade an diese müssen wir denken, um unserer Reise durch die Welt eine andere Richtung zu geben: Die eigenen Kinder zu lieben, ist denkbar einfach, wir sollten auch die der anderen lieben.

Die Kinder, die auf der Nachbarbank sitzen, in derselben Schule oder im selben Land, aber auch die, die am anderen Ende der Welt lernen und spielen und schlafen gehen, wenn unsere aufwachen. Und auch die Kinder, die erst in fünf oder in hundert Jahren aufwachen werden, weil sie erst noch geboren werden müssen. Auch sie sollten wir lieben, die Kinder unserer Kinder und die Kinder der Kinder der anderen.

Sie sollen den Strand und die Straßen entlanglaufen, hinfallen und sich die Knie aufschrammen, in wundervoller Erwartung vor der Theke im Eisladen große Augen machen, lauthals lachen und lauthals weinen. Alles, was sie eines Tages so tun werden, wenn ihre Zeit kommt.

Allerdings ist es gar nicht sicher, dass diese Zeit kommt. Schon einmal sind wir dem Aussterben nur knapp entronnen. Vor etwa 60 000 Jahren, während der letzten großen Eiszeit, war der Norden mit Eis bedeckt, während der Homo sapiens in Afrika unter einer furchtbaren Dürre litt. Das war's dann mit Vegetation, Beutetieren und Wasser. Und weil ein Unglück selten allein kommt und sich gern mit den anderen verabredet, damit alles auf einmal hereinbricht, verdunkelte der größte Vulkanausbruch der letzten zwanzig oder dreißig Millionen Jahre den Himmel und brachte ewige Nacht und ewigen Winter.

In diesem ganzen Schlamassel gab es auf der Erde höchstens noch zweitausend Menschen, manchen Stimmen zufolge noch viel weniger: die Bevölkerung eines kleinen Dorfes oben in den Apenninen, mehr war von der Menschheit nicht übrig geblieben.

Trotzdem haben wir uns gerettet, ja wir sind sogar explodiert, heute sind wir sieben Milliarden, und wir werden mit jedem Tag mehr. Dank der einzigen Kunst, in der wir es wirklich zu absoluter Meisterschaft gebracht haben: uns anzupassen. Darin ist keiner besser als wir, weder die Löwen, noch die Wölfe, noch die Wale und nicht einmal die Riesenkalmare. Die Einzigen, die in diesem Sport mit uns konkurrieren können, sind Bakterien, Ratten und Kakerlaken.

Vor 60 000 Jahren haben wir, anstatt auszusterben, die Zähne zusammengebissen und sind auf der Suche nach neuen Ressourcen losgewandert. Eine große Hilfe war es wohl, dass wir unten in Südafrika an die Küste gelangten, wo wir schließlich das Meer fanden.

Ja genau, das Meer, damals hat uns ausgerechnet das

Meer gerettet. Aber wer wird uns diesmal retten, wenn wir, weil wir es abgetötet haben, vom Aussterben bedroht sind?

Das weiß niemand, ich schon gar nicht. Ich weiß nur, dass wir alle Kinder wie unsere eigenen lieben sollten und hoffen, dass sie bessere Menschen werden als wir. Um besser zu überleben, müssen wir auf eine bessere Art leben.

Und ich glaube dabei fest an die Jugend. Die Menschheit hatte nämlich vor vielen tausend Jahren, als sie jung war, ihren natürlichen, wunderbaren, harmonischen Weg aufgezeichnet, und wiederentdeckt haben ihn, sozusagen vorgestern, vier Jugendliche.

Genauer gesagt, vier Jugendliche und ein Hund. Im Südwesten Frankreichs, am 12. September 1940.

Die Erwachsenen sind damit beschäftigt, den Zweiten Weltkrieg zu führen, die Schule ist geschlossen, und Marcel dreht mit seinem kleinen Hund eine Runde durch den Wald. Der Hund heißt Robot, und bei seiner Jagd auf ein Kaninchen entdeckt er unter einem Baum ein großes Loch, schlüpft hinein und verschwindet. Nach einer Weile kommt er von allein wieder heraus, trotzdem läuft Marcel ins Städtchen zurück und benachrichtigt seine Freunde, denn endlich haben sie einen Zeitvertreib für den Tag gefunden.

Und da stehen sie nun, Marcel, Jacques, Georges und Simon, vor dem geheimnisvollen Loch und werfen einen Stein hinein, aber es ist so tief, dass unten kein Aufprall zu hören ist. Ihnen kommt nur ein einziger, aufregender Gedanke: Das ist der legendäre Geheimgang zu den Verliesen von Schloss Montignac, die von Schätzen überquellen.

Sie nehmen all ihren Mut zusammen und steigen mit einer Öllampe ins Dunkel hinab, immer tiefer, atemlos, fünfzehn Meter tief. Als sie schon aufgeben wollen, öffnet sich der Tunnel zu einer Höhle, die sie umgibt wie eine große Felsblase. Im schwachen, flackernden Licht des Flämmchens dauert es eine Weile, bis sie etwas erkennen, doch dann sehen sie, wo sie sich befinden: Sie sind mitten in einen Traum geraten.

Tiere, unzählige wilde Tiere in tausend Farben und Größen, manche klein und manche vier, fünf Meter groß, alle in einem kraftvollen und zugleich leichtfüßigen Lauf Runde um Runde auf den Höhlenwänden rings um sie her, und die Tiere bewegen sich wirklich im zuckenden Licht einer Flamme, von der schon die Menschen geführt wurden, die diese Tiere malten, an diesem abgelegenen Ort auf dem tiefen Grund der Welt und der Zeit.

Die jungen Männer haben geglaubt, einem Schatz auf der Spur zu sein, und so ist es auch. Dies ist die Höhle von Lascaux, »die Sixtinische Kapelle der Felsmalerei«, mit wundervollen Bildern, die wir nun nach 15 000 Jahren zu Gesicht bekommen.

Die vier klettern wieder heraus, als es Nacht ist, sie wissen nicht, wie spät es ist, aber die Zeit existiert nun nicht mehr. Sie kehren taumelnd, verwirrt und begeistert nach Hause zurück, und am nächsten Tag steigen sie wieder hinunter und an dem danach auch und an dem danach genauso. Sie können nicht anders. Doch die Sache ist zu groß, als dass sie sie für sich behalten könnten, also beschließen sie, sich einem Erwachsenen anzuvertrauen, einem Lehrer aus der Schule, der sich leidenschaftlich für Urgeschichte interessiert.

Er glaubt an einen Scherz, dann bringen sie ihn zu dem Loch, und er fürchtet, sie wollten ihn hineinstoßen und adieu, auf Nimmerwiedersehen. Doch am Ende können sie ihn überzeugen, er zwängt sich in den Spalt, und nach kurzer Zeit lässt auch er sich vom Wirbel der Farben berauschen, der dort unten herrscht. Abt Henri Breuil, eine Autorität auf dem Gebiet der Höhlenkunst, wird es ihm nachtun, und so kommt die Höhle von Lascaux zur ganzen Welt.

Oder umgekehrt, die Welt kommt zur Höhle, während die vier Jugendlichen sich einfach nicht von ihr trennen können. Bis ein Eisengitter angebracht wird, sind sie es, die den Eingang bewachen, und Jacques überredet seine Eltern sogar, ihm zu erlauben, die Nächte dort in einem Zelt zu verbringen.

Während die Menschheit einen entsetzlichen Krieg führt und mit Blut und Tränen Geschichte schreibt, sitzt ein Junge in einem Zelt unter den Sternen und beschützt eine andere, viel ältere Geschichte, die die sanftesten Züge trägt, die je vom Menschen gezeichnet worden sind.

Da sind Hunderte von Malereien, einzelne Symbole, der Umriss einer Hand und andere rätselhafte Zeichen, doch vor allem haben jene Menschen aus der fernen Vergangenheit die intensiven roten, gelben und schwarzen Farben aus der Erde geholt, um ins dunkle Herz der Welt vorzudringen und auf den nackten Stein das zu malen, was sie am stärksten bewegte und faszinierte, ihre Träume, ihre Wunder, ihre Götter: die Tiere.

Zahllose Pferde, wild und majestätisch im Galopp, und mächtige Stiere, Hirsche und Bisons, ausgestorbene Auerochsen, Löwen und andere Großkatzen, ein Vogel, ein Bär und ein Rhinozeros, alle zusammen in einem Lauf, der ein Tanz ist, sich mit den Formen des Felsens dehnt und mit ihm und mit der Zeit vor und zurück und überall bis in alle Ewigkeit verschmilzt.

Die ersten Wissenschaftler, die elektrisches Licht und unser pragmatisches, leistungsorientiertes Denken darauf richteten, waren der Meinung, diese Bilder seien für die Jagd gewesen. Ein Weg, um das Glück gnädig zu stimmen und da draußen viele Tiere wie diese zu finden, zum Töten und Essen. Aber das geht nicht auf, die meisten der gemalten Tiere gehören nicht zu den typischen Beutetieren dieser Menschen, die vor allem Rentiere jagten, aber Rentiere gibt es in der Höhle nicht ein einziges. Außerdem ist das hier keine Flucht, es ist ein freier, freudiger Lauf, jede Seele geht in die andere über und in die Adern des Gesteins, das sie seit Jahrtausenden trägt. Hier unten herrscht eine atemberaubende, andersartige Schönheit, so intensiv und heiter, dass sogar einer mit dem Feingefühl eines Müllcontainers sie versteht, dazu muss man kein Picasso sein.

Der eilends dort hinkam, und von dem Moment an war das Tageslicht nicht mehr dasselbe und auch seine Kunst nicht. Für den Rest seines Lebens eiferte er diesem Wunderwerk nach, das eine Rückkehr zum Ursprung und zugleich ein Flug voraus zu völlig neuen Horizonten ist.

Denn hier ist nichts »Primitives«, wie wir es verstehen, also nicht irgend so ein Blödsinn wie haarige, mit Fellen behängte Männer, die eine Keule in der Hand haben und eine Frau an den Haaren hinter sich herschleifen. Das hier ist der »Primo«, der große Auftakt, der aber für sich schon rund und ausgereift ist und uns in eine magische Kraft taucht, die dicht und immer dichter rings um uns her pulsiert, uns streift, uns berührt und uns abholt.

Denn genau das waren die Tiere für die Menschen, die schon vor 40 000 Jahren die Höhlen von Lascaux und Altamira und auch die Chauvet-Höhle bemalten. Sie waren die sichtbare Manifestation der mystischen, höheren Kraft, die wir seit jeher über uns spüren, herrlich, rätselhaft, überwältigend.

Die Tiere waren unsere Gottheiten. Wir verehrten sie und zeichneten sie in der Hoffnung, ihnen näherzukommen. In uns etwas von ihrer Magie zu entdecken und uns als Teil dieser immensen, schwindelerregenden Schönheit zu fühlen.

Es stimmt schon, um zu überleben, haben wir sie manchmal getötet, doch viel häufiger waren sie es, die uns getötet haben. Und währenddessen ging der Tanz weiter und wir mit ihm und mit allem, ohne Ende.

Oder nein, ein Ende gab es, und das haben wir festgelegt.

Als wir nicht mehr einfach nur dabei sein wollten, sondern genau im Zentrum und dann ganz oben, über allem. Wir haben aufgehört zu tanzen und sind Stufe um Stufe hinaufgestiegen. Stufen, die wir uns ausgedacht haben und die uns folglich nirgendwohin bringen, nur weg. Und von da oben betrachtet, sind die Tiere keine Gottheiten mehr, sie sind uns nicht einmal mehr ebenbürtig, sondern Geschöpfe in unseren Diensten. Für diesen enormen Sprung hat es gereicht, ein paar Stufen hochzuklettern. Und genauso groß ist der Sprung von den Wildpferden von Lascaux zu den Pferden, die mit Federn auf dem Kopf die Kutschen feiner Herrschaften ziehen, und der Sprung von den gewaltigen

Stieren, die die Höhle beherrschen, zu den Ochsen unter dem Joch mit ihren starren Augen.

Aber damit nicht genug, wir sind noch höher geklettert, und alles unter uns wurde zu einem diffusen Einerlei, und das nannten wir Natur. Als wären nicht auch wir Natur, als wäre die Natur eine Art Spielplatz im Grünen, ein Wochenendziel, wo man einen kurzen Spaziergang machen, ein paar Photos schießen und regionale Gerichte probieren kann, bevor man schnell und sauerstoffgesättigt ins wahre Leben zurückkehrt, das aus Warteschlangen beim Arzt, aus Ämtern, Supermarktregalen, Verwandtenbesuchen und Eigentümerversammlungen besteht.

Da also sind wir hingekommen mit unserer ganzen Kletterei. In diese graue, öde, von der Natur und damit auch von uns selbst abgetrennte Welt. In der wir uns traurig, fahrig und unbeholfen bewegen, weit entfernt von dem natürlichen Zauber, den wir besaßen und den uns diese Malereien noch in seiner ganzen Intensität offenbaren.

Inzwischen sind wir sogar schädlich, denn die Höhle von Lascaux kann nicht mehr besichtigt werden, weil die Atemluft der Touristen und das elektrische Licht sie für immer ruiniert haben. Nach Jahrtausenden ohne Probleme genügte ein Augenblick mit uns, um sie zu verderben. Wir sind Gift für das Leben, wir sind ein Schönheitsvernichtungsmittel.

Das waren wir für diese gemalten Tiere und für die realen, die sie darstellen, für die Wälder, in denen sie leben und wir gelebt haben, und wir sind es noch heute in den Bergen und Tälern, auf den Feldern bis hinunter zum Meer, bis in die tiefsten Tiefen. Selbst an Orten, an die wir noch nie gelangt sind und von denen wir nicht wissen, wie viele und welche unglaublichen, gigantischen Geschöpfe dort leben. Das Einzige, was wir sicher wissen, ist, dass ihr Dasein durch unsere Schuld mühseliger geworden ist.

Ihr Tanz ist weniger reich, weniger fließend, weniger vollendet, seit wir gekommen sind.

Nein, eigentlich seit wir uns verabschiedet haben.

Denn das ist das Problem, wir haben uns von dem losgelöst, was wir waren, weil wir uns den Tieren, der Welt und den Göttern überlegen fühlten. Schlimmer noch, wir selbst sind zu Göttern geworden, allerdings gibt es niemanden, der uns anbetet, weshalb wir das selbst versuchen. Und wir haben uns noch einen Schwachsinn ausgedacht, dass es nämlich noch höherstehende Menschen gibt, weshalb die Menschheit das Haupt vor Auserwählten beugt, die reich und vornehm sind und Kronen auf dem Kopf tragen, Zepter in der Hand oder Orden an der Brust und die sich mit idiotischen Namen anreden lassen wie Herr Direktor, Herr Präsident, Herr Abgeordneter, Herr Richter, Eminenz, Seine Majestät … und so weiter, immer weiter hinauf auf dieser albernen Leiter, immer weiter davon entfernt, zu begreifen, dass wir in Wahrheit hier unten sind, mit allem verbunden, dass es keinen Ort gibt, der nur uns gehört, und auch kein Jenseits, das uns nichts angeht. Denn die Natur vergiften ist wie absichtlich in die Hose pinkeln. Und wenn wir Plastik und andere Schweinereien wegwerfen, gibt es überhaupt kein »weg«: Alles ist da, alles zusammen, alles hautnah.

Auch wenn wir das nicht mehr wissen. Wir wissen rein gar nichts. Doch wie schön wäre es, nichts zu wissen und das zu akzeptieren, ja sogar das wunderbare Mysterium, in dem wir leben, als solches zu genießen.

Wir haben unsere seltsame Reise auf diesen Seiten genau damit begonnen, mit der Feststellung, dass wir rein gar nichts über das Meer wissen. Und nachdem wir nun ziemlich lange darüber geredet haben – wir verabschieden uns nämlich gleich –, wissen wir auch nicht unbedingt mehr. Vielleicht die eine oder andere Kuriosität oder Anekdote, doch das ist alles Quatsch, morgen haben wir das schon wieder vergessen. Das ist in Ordnung. Es kommt nicht darauf an, was wir wissen, sondern eher darauf, ob wir endlich eingesehen haben, wie viel über das Meer wir eben nicht wissen. Wie viele unvorhersehbare, unvorstellbare, unglaubliche Wunderdinge es da unten im Wasser wahrhaftig gibt, doch auch hier oben und ringsumher. Unermesslich, ewig und mächtig, auf tausend verschiedenen Bahnen und doch im Einklang miteinander. In einem Tanz wie dem der Wellen, seit jeher und bis in alle Ewigkeit da, herrlich und unendlich viel größer als wir.

Das zu wissen, erschreckt und verwirrt uns, wie es mir als Kind in der Nacht erging, als meine Großmutter am Himmel die Sterne für mich entzündete, indem sie mich bat, die blöde Glühlampe auszuschalten, die sie verdeckte. Die Sterne sind umgeben von Erstaunen und starken Gefühlen, die uns auf unserem traurigen Leiterchen da oben zittern lassen. Dabei müssten wir eigentlich glücklich sein, müssten vor Freude strahlen, weil auch wir ein Teil dieses Tanzes sind, dieses Wunders.

Denn der Kalmar mit seinen Riesententakeln, der Pottwal mit seinem Mondsichelschwanz, aber auch die Silberheringe, die Krabben und die Einsiedlerkrebse, die Frösche in den Wassergräben und die Aale ringsumher, die perfekten Skorpione zwischen den Steinen, die Füchse und die Wölfe auf den Feldern, die Vögel in den Bäumen und jedes einzelne Blatt, jede Blüte, jede Frucht, jede Wurzel und jedes Pollenkorn, das in die Luft steigt, und auch die Luft selbst: Alle und alles halten kurz inne in diesem einzigartigen, herrlichen Tanz, drehen sich zu uns um, die wir plump auf unserem Leiterchen wackeln, und sagen im Chor: »Was machst du denn da oben? Komm runter, du Idiot, hier unten lebt es sich wirklich prima!«

Also können wir aufhören, uns festzuhalten und abzuwägen, können loslassen und uns in dieses unermessliche Wunder stürzen, über das wir nichts wissen und nie etwas wissen werden, bis auf das Eine, Großartige: dass auch wir zu diesem Wunder gehören.

Erst dann, beim Tanz mit dem Riesenkalmar, mit dem Pottwal und mit dem Weihnachtsmann, mit den Dinosauriern und mit allen anderen Prachtexemplaren, deren Existenz wir ein Leben lang so krampfhaft nicht zulassen wollten, erst dann können wir endlich anfangen, wirklich in der Welt zu sein.

Inhalt

Nachbemerkung

Die Zitate im Text wurden größtenteils aus der italienischen Ausgabe übersetzt. Folgende Werke wurden außerdem für Zitate und Übersetzung herangezogen:

Olaus Magnus: *Die Wunder des Nordens,* Frankfurt am Main 2006

Erik Pontoppidan: *Versuch einer natürlichen Historie von Norwegen,* Flensburg 1754 über MDZ (Munich Digitization Center der Bayerische Staatsbibliothek, München)

Denys Montforts allgemeine und besondere Naturgeschichte der Weichwürmer (Mollusques) als Fortsetzung der Buffonschen Naturgeschichte, Teil 1 und 2, Hamburg und Mainz 1803, zitiert in der Übersetzung von Karl Witte

Kapitän der Daedalus, McQuhae, und Moses Harvey zitiert nach Richard Ellis: *Seeungeheuer – Mythen, Fabeln und Fakten*, Basel, Boston, Berlin 1997

Jules Verne: *20 000 Meilen unter dem Meer*, Berlin 1971

Frank Schwediawer: *An Account of Ambergris*, Aufsatz publiziert durch die Royal Society, London, 1783

Herman Melville: *Moby-Dick*, in der Übersetzung von Matthias Jendis, München 2017

Catherine Raven
Fuchs und ich
Die Geschichte einer ungewöhnlichen Freundschaft

Catherine Raven ist überzeugte Einzelkämpferin. Als die
Biologin sich im abgeschiedenen Montana eine kleine Hütte
mit einem blauen Dach baut, ist ihre Isolation komplett. Ihre Gesellschaft ist die Natur, die verblüffend lebendige Tier-
und Pflanzenwelt, mit der sie ihr Land teilt. Eines Tages bemerkt sie einen wilden Fuchs, der jeden Nachmittag um
16.15 Uhr auf ihrem Grundstück erscheint. Entgegen allen
wissenschaftlichen Gepflogenheiten beginnt sie, ihm aus
»Der kleine Prinz« vorzulesen.

Ein einzigartiges Buch über den Zauber der Natur und die
heilsame Kraft der Freundschaft.

Aus dem Englischen
von Eva Regul
416 Seiten, gebunden

Weitere Informationen finden Sie auf
www.fischerverlage.de

AZ 10-397096/1

John Ironmonger
Das Jahr des Dugong
Eine Geschichte für unsere Zeit

Eine Welt, die nicht wiederzuerkennen ist. Ein Mensch, der
sich verteidigen muss. Und ein Dugong – diese freundliche
Seekuh, die wie so viele andere bedrohte Tiere auf Rettung
hofft. Spannend, abenteuerlich und berührend erzählt John
Ironmonger in seiner neuen kurzen Geschichte von der
Schönheit unserer Erde. Und stellt uns die Frage, wer die
Verantwortung für sie trägt. Eine ergreifende Erzählung
über Tiere und Klima vom Autor des Platz-1-Bestsellers.

»Eine erstaunliche Vorwegnahme. Was sagt uns John Ironmonger noch voraus?« *Frankfurter Neue Presse*

Aus dem Englischen
von Tobias Schnettler
144 Seiten, gebunden

Weitere Informationen finden Sie auf
www.fischerverlage.de

AZ 10-397131/1